厭結び

オチが最凶の怖い話

JN192190

エブリスタ 編

竹書房文庫

目次

※本書は、小説投稿サイト〈エブリスタ〉が主催する「怪異小説コンテスト」応募作品の入賞作、ならびに「リアル怪談コンテスト」「サイコホラーコンテスト」の優秀作から選出・編集し、一冊に纏めたものです。

カバーイラスト／ねこ助

こけし

鵺巳椰主

「もうすぐだよね、予定日」

そう言って、加奈子は春香の腹を摩った。

「うん。来月の二十二日ってことにはなってるんだけど……どうかな。私も予定日から二週間も遅れて産まれたからね」

加奈子は「無事に産まれるといいね」と言いながら張り出した腹を優しく撫で続ける。その手がぴたりと止まった。

「忘れてた。お土産渡しに来たんだった」

一人呟きながらトートバッグを引き寄せて、中から何やら長方形の包みを取り出すと、テーブルの上に乗せた。

「この間、宮城行ってきたんだ。そのお土産」

「宮城？　いいなぁ、独身貴族。自由満喫してるね。開けてみてもいい？」

「どぞどぞ」

手にすると想像よりもずっしりと重い。地酒だろうかと思いながら地味な色合いの包み紙を開く。現れたのは白木の箱。達筆な文字が書かれているが読めず、読む努力もしないで蓋を開けると、箱の中から見上げる切れ長の目に見つめられる。

おちょぼ口。大きな頭。赤で彩られた円柱の体。

「こけし？」

「うん。今、こけし流行ってるらしいよ？」

そう言われてみれば、いつだったか情報番組で取り上げられたのを見たかな、と春香の脳裏に思い出される。

「売り場のおばちゃんがさ、こけしは安産のお守りになるって言ってたから買ってきたんだ」

「そうなんだ？　わざわざありがとう」

春香は上手く笑えたかどうか心配になった。

土産のこけしを箱から出して手に取る。木箱から出しても重い。そして大きい。

そう言えばこけしって——

「産まれるまでちゃんと飾っといてね」

「飾る期間短いじゃん！　雛壇か！」

春香の思考を遮るように加奈子が念を押してきたので、即刻そう突っ込み返すと二人でげらげらと笑った。

幼稚園以来の付き合いである加奈子。二人はずっと一緒だった。何処に行くにも双子のように一緒で、どちらかと言えば神経質で気の小さい春香の方が加奈子に依存していた。

大雑把で後先考えない。空気も読まない。だけど大らかで人好きのする加奈子は春香の親友であり、時には姉、時には妹のような存在だった。何かあれば親よりも先に相談をした。相談と言っても、加奈子はただ話を聞いて、相槌をうってくれる。それだけ。でも、その「それだけ」が春香を肯定し、癒してくれた。春香にとって加奈子は掛け替えのない存在だった。


「じゃ、そろそろ行くね。これから他にも寄って、お土産置いてくるんだ」

時計を見ながら腰を浮かせた加奈子に、少し名残惜しいものを感じながら「またね」とだけ言って見送った。扉が閉まるのを見届けて、ふぅと息を吐く。

一人きりになった部屋に、ぽつんと残された土産物のこけしを振り返る。

「何でこけしなの……」

春香はぼんやりとこけしを眺める。そして、加奈子には言い出せなかった、ほんの少しの感情の揺れ。それは何とも形容し難い感情で、何処か嫌悪感に似ていた。

何故そんな風に思ったのかは分からない。けれど、春香はこけしに触れることができなかった。

（こけしって、縁起悪くなかったっけ？）

先程めぐりかけた思考が再び甦ってくる。

こけし。コケシ。子消し。

「子消し……」

春香は自分が言葉にした声にどきりとする。

こけしは、「子消し」。

遠い記憶の自分の声が、背後から聞こえた気がして振り向く。

誰もいないのは分かっている。それでも、振り向かずにはいられなかった。

何故自分はこんなことを思いついたのだろう。こけしについて興味を持ったことなんて、なかったのに。

（違う。思いついたんじゃなくて、誰かに聞いた？）

思い出そうと記憶の引き出しを開けていこうにも、何の手掛かりもない。途方に暮れて、インターネットで調べようかとパソコンに向かう。

(面倒だけど、気持ち悪いままは嫌だし……)

検索欄に「子消し」と打ち込んで、エンターキーを叩こうとしたその時。ふと、こういう事に詳しい友達の顔が浮かんだ。

「キヨちゃん……」

久しく会っていないけれど、学生時代は家が近かったことから加奈子と三人でよく遊んだ友達の一人だった。

(子消しって言ったのはキヨちゃんだったかも……)

こけし。

今度は違う声でそう呟くのが聞こえた——気がした。

春香はパソコンを閉じると、携帯端末に指を滑らせた。


あれはもう、十五年も昔——

「じゃあ、意外性のある怖いものは?」

坂道を登りながら、加奈子が閃いたとばかりに声をあげた。

家の近い者同士、春香と加奈子、そしてもう一人。キヨちゃん——清子はいつも一緒に下校していた。

下校する三人がよくやっていた、お題をあげて、それをお互いに答え、三人の秘密にする「秘密の共有ゲーム」。いつから始めたのかは忘れてしまったが、それが三人の下校時の決まりごとになっていた。しかし、それも毎日となると、お題の方が尽きてくる。考えた末、加奈子が既出の「怖いもの」に「意外性」という言葉をつけてきた。

「見た目、もの凄く怖いって訳じゃないし、どうして怖いのかも分からないけれど、何か怖いっていうものあるじゃない？　因みにウチは揚羽蝶。あの羽がよく分からないけど怖いんだ」

「ああ、それだったら私はキューピー人形。ちっちゃい頃、恐怖のキューピー人形って話を聞いてから、何か駄目なんだよね。別に話は大して怖くなかったから、殆ど忘れちゃったんだけど、嫌いなの。触れるし、部屋に置いておいても平気だけど、何か嫌。怖い」

春香と加奈子はすぐに思いついたものを口にしたが、清子は未だ思案顔だった。

「キヨちゃんは？」

促す加奈子には向かず、「考え中」と真面目な顔で一点を見つめていた。

清子は何でもかんでも真剣に考えすぎるところがあった。分からないことはすぐに調べ上げ、御座なりな答えを出さない。だが、それゆえに博識で、同い年とは思えないようなものの考え方をする。それが二人には新鮮で、彼女の知識のおこぼれを貰って、自分も頭がよくなった気さえしていた。

「キヨちゃんはいつも真面目だよね」

「そうそう。何となく嫌ってものでもいいのに」

春香と加奈子が次のお題を探していると、ぽつり「こけし」と聞こえた。

「こけし？」

「うん。こけし。アタシはこけしが怖いな。だって――」


携帯端末が鳴動して、ふと目を開ける。

壁にかかっている時計を見上げると、三十分ほど経過していた。返信を待っている間に眠っていたようだ。

鳴り終わった携帯端末の画面には、メールの着信を知らせるアイコンが閃いている。

メールの送り主は、清子だった。

開いてみると、他愛もない挨拶から始まり、お腹のことを心配する社交辞令的なものだった。春香はすぐに「今、電話してもいい？」と返信した。

「久しぶりだね」

少し間を置いて清子から承諾のメールが届くと、すぐに電話をかけた。春香と同じ言葉を返してくる電話先の清子の声は、少し低い。

「急にごめんね。ちょっとキヨちゃんに訊きたいことがあってさ」

「うん。何？」

不機嫌なわけではなさそうだったので、単刀直入に「子消し」のことを憶えているかと訊いた。

「コケシ？」

突然のことだったので、清子も驚いたのだろう。声が軽く上ずって聞こえた。

「うん。あのさ、小学生の頃、帰り道でお題を出しあってたの、憶えてるかな？　あの時、キヨちゃんこけしが怖いって話をしたじゃない？」

少し早口で並べ立てた春香の声に、少しだけ間をおいて「うん」と返ってくる。

「その話。急に思い出しちゃったんだよね……」

　そう言ってテーブルの上に包み紙ごと置いたままになっているこけしに目をやる。こけしは赤い口を窄めたままこちらを見て笑っていた。その顔がどうにも怖くて顔を背けさせる。

「何でまた、そんな昔の話を思い出したわけ？」

「その、何と無く……」

　言葉を濁したのは、加奈子のお土産にけちをつけているみたいだったからだ。加奈子は清子の友人でもある。春香と違って二人は独身ということもあって、今も頻繁に遊んでいると聞いていた。悪く言うわけではないのだが、それでも理由を言うのは憚られた。

「こけしって、子供を消すって書いて『子消し』だって教えてくれたの、キヨちゃんだったよね」

「うん。多分そうじゃないかな。昔東北では飢饉があってさ、口減らしをしなくちゃならなくって、産んですぐの子供を捨てたり、殺したりしてたの。紙を濡らして、顔にぺたりって貼り付けてさ。その子供の代わりにこけしを彫って家に置いたんだよ。死んだ子供が余りにも可哀想だから」

死んだ子供の代わり。

そうだ。清子は十五年前もそう言った。あの日も夏だというのに、背筋が薄ら寒くなったのを覚えている。

春香は無意識に自分の腹を撫でた。ついこの間まで頻繁に暴れていた筈のわが子が、最近、あまりお腹を蹴ってこない気がする。

「じゃあ、こけしって縁起悪いよね？」

「いや。そうでもないよ」

即答する清子の言葉に「え？」と間抜けな声で返す。

「だって、死んだ子供の代わりなんでしょ？」

「うーん……それがさ、こけしは縁起物で間違いはないんだよね。さっき言った『子消し』の云々ってのは、松永って人が最初に言ったものでさ、それ以前からこけしは存在するんだ。江戸時代だと『こふけし』って木地人形がこけしだって言われてる資料があるみたい。赤く塗って魔よけにしたり、子供の玩具として存在したのがこけしなんだって」

因みに赤は疱瘡除けの色と清子が付け足したが、安堵した春香の耳には入ってこなかった。

「じゃあ、これ……本当に安産祈願でくれたんだ……」

「春香、こけし貰ったの？」

思わず呟いてしまったが、加奈子が安産祈願としてくれたものだと分かった今は隠すこともない。背けたこけしの頭を撫でる。もう怖くはなかった。

「うん。そうなの。でっかいこけしでさぁ、置き場に困っちゃうよね」

だから訊いたのかと笑い飛ばしてくれると思ったのに。春香の想像に反して、清子は電話の向こうで黙ったままだ。


「キヨちゃん？」

「春香。あんたさ、それ、子供を消す『子消し』だと思ってたんだよね？」

最初と同じくらい低い声。饒舌に喋っていた時とは別人のようだ。

「そうだけど……だって、それはキヨちゃんが言ったのを覚えていて……」

「声に出した？」

「え？」

しどろもどろな春香の言葉を強い口調で遮った清子は、もう一度「声に出した？」と訊いてきた。

「えっと……うん、多分。でもどうして？　だって、こけしは」

「こけしを『子』を『消す』子消しと思って呟いたんでしょ？」

先程よりも更に低くて強い言葉に遮られ、不安が再び忍び寄ってくる。

「だったら何？　こけしは縁起物なんでしょ？」

清子の強い口調に負けないように、春香も言葉尻を強く返した。電話先で清子が溜息をついたのが分かった。

「春香、憶えてないの？　アタシ、あの時も言ったじゃない。口に出したなら、それはもう言霊といって——」

聞きたくない。

清子が何を言おうとしているかは分からないけれど、絶対に不吉なことだと春香は察した。

「キヨちゃん、ありがと。もういいから！」

早口にそう言って、耳から電話を離す。だが、春香の耳には清子の声が流れ込んできた。

「それはもう——子消しだよ」

子消し。

縁起物のこけしではない。春香の知らぬ誰かが唱えた、間引きの子供の代わり。子供を殺す親の――

「私は違う！」

春香は清子の呪詛のような言葉を掻き消すように叫んだ。

「違う違う！　私は口減らしなんて関係ない！　加奈子のお土産は、私の安産祈願に買ってくれたこけしだもん！」

再度こけしを手にとって見る。

見た目よりずっしりとした重量感。まるで産まれたばかりの子供のような――

違う。違う。絶対に違う。

加奈子は清子のような意地悪はしない。だから、これは安産祈願のこけし。いつだって加奈子は私の味方。そう、春香はブツブツとまじないのように何度も繰り返した。

天然の加奈子とは違い、清子はいつも場の空気を読む。それなのに、妊娠中の人間にどうしてこんな意地悪を言うのか。分かっていても、言わなくたっていいじゃないかと春香は心中で毒づく。

だけど、清子は嘘吐きが嫌いだからと言って、自身も嘘を言わない。方便だなんてお茶を濁したりしない。いつだって訊かれた事には真面目に答えていた。

だとしたら、この手にあるものは「子消し」。

声にならない微かな悲鳴を上げて、春香は床にこけしを放り投げる。

ごとん、と重さを伝える振動と大きな音が部屋に響く。ごろりと転がったこけしは、春香の方に顔を向けて笑った。

怖い。

春香の背に虫が這うような怖気《おぞけ》と、先程のものとは比べようもない、はっきりとした嫌悪感が這い上ってくる。

加奈子には悪いが、やはり怖いものは怖い。彼が——敦が帰ってきたらどこかに捨ててきて貰おう。春香はそう決めて、こけしの顔が見えないように、包み紙を被せた。


紙を濡らして、顔にぺたり——

清子の言葉が反芻される。

「違うったら！」

春香は誰もいない空間に怒鳴った。

動悸が苦しい。

春香は携帯端末を掴むと鞄に投げ入れる。一人でいることが怖くなって、部屋から飛び出した。だが、玄関のドアの前から足が動かない。

このまま外に出ても行く当てがない。何よりも、ホラー映画のように得体の知れない何かが、外に出た途端に襲ってくるのではないか。こけしの呪いのせいで階段を転げ落ちたり、事故に遭ったりしてしまうのではないか。そんな想像が脳内を駆け巡る。

怖い。

春香はお腹を抱えてしゃがみ込んだ。鞄を落とした拍子に携帯端末が軽い音を立てて滑り出る。加奈子と色違いにした緑色のケースに小さな傷がついた。

「加奈子……！」

まだ近くにいるかもしれない。春香は加奈子に電話をかけた。

運転中なのか、すぐには出ない。五回目のコール音。そして留守番電話サービスセンターへと繋がる。

伝言をいれず、春香は何度も何度も繰り返しかけた。だが、何度かけても加奈子の声は聞こえてこない。

これだけ鳴らせば幾ら運転中だとはいえ、異常事態に気がついてくれるはずだと、春香はかけ続ける。

「加奈子……どうして出てくれないの……ッ」

十回目の留守番電話サービスの音声に、春香はかけるのを止めた。


蹲って握り締めた小さな画面に、雫が弾ける。

「加奈子……」

どのくらいそうしていただろうか。頬を伝った涙の跡が乾く頃、春香は立ち上がった。

何度確認しても、加奈子から電話もメールも来ない。

ひとしきり泣いて、少し落ち着いたのか、重い足取りで廊下を戻ると、そっと部屋の様子を窺う。

何の異常もなく、こけしは包装紙が被せられたまま床に転がっていた。

異常がなくて当たり前だと自分に言い聞かせると、そろりと部屋に戻る。ソファに座り、加奈子が来た時に淹れた飲みかけの紅茶を一口含んだ。温い液体が軽い酸味と苦味を伴って喉を下りていく。

もう一度加奈子に電話をかけたが、やはり繋がらなかった。

どうして加奈子は連絡を返してこないのだろう。春香は画面を見つめながら、その理由を考える。

携帯の充電が切れているのか。否、それならば、電源が入っていないとアナウンスが流れるだろう。電波も届いているし、充電もあるはずだ。ならば、どこかに置き忘れているのか。まだ気が付いていないのかもしれない。もしくは——敢えて出ないのか。

画面の向こうに包装紙を被ったこけしが見える。清子の「子消し」の話は、加奈子も一緒に聞いたのだ。

これは本当に安産祈願のこけしなのだろうか。

加奈子は私の出産を望んでくれているのだろうか。

結婚してからは随分と疎遠になってしまった。昔は一緒にいることが当たり前だと思っていたのに。

春香は両手で顔を覆い、再び十五年前のことを思い返していた。

それは小学六年生の夏休みの前日のことだった。

いつもより早い時間の下校途中、加奈子が「お題」を出してきた。

「今日のお題は……好きな人。これ、トップシークレットね。絶対三人だけの秘密！」

そう前置きして、加奈子は顔を真っ赤にしながら「ウチが好きなのは敦君」と、はにかんだ笑顔を見せたのだ。

それはお題ではなく、二人への牽制のようだと春香は思った。何故ならば、春香もまた、敦のことが好きだったからだ。

しかし、加奈子が何の疑いもなく、応援してくれるだろうと思っているのは見て取れた。そこに自分も好きだと言って波風を立てるのは、春香としても避けたい。何よりも加奈子という親友を失いたくはなかった。

「春香は？」

加奈子に追及されて、他の名前を挙げることも考えたが、加奈子が協力してあげるなどと言い出しかねないので、「今はいない」と答えるのが精一杯だった。

加奈子は不服そうな素振りを見せたが、すぐに引き下がる。その後ろで、清子がじっと春香を見ているのが分かった。その顔から目を離せないでいると、その唇が小さく、そしてすばやく動いたのを春香は見逃さなかった。

嘘吐き。

声には出さず、だが、はっきりと清子はそう言った。

心臓が突然に騒ぎ出し、汗がじわりと浮かんだ。暑いはずなのに感じたことのない類の寒気を感じて、春香は清子から視線を外した。

清子は春香の想いをいつから知っていたのか。それを加奈子へと密告されるのではないかと思うと、温い汗がいやに冷たく感じた。

「キヨちゃんは？」

俯いてしまった春香の異変に全く気がつかず、加奈子は清子にも話を振った。何か追求されるのではないかと、春香は恐る恐る視線を上げる。清子はただ首を横に振っただけだった。

それは、春香へのサインなのか、加奈子への答えなのか理解しづらいものであったのだが、二人はお互いへ向けられたものと受け取った。

清子は訊かれなければ余計なことを言わない。十五年前の夏の日。春香は同い年ながらも達観した清子に、畏敬に近いものを感じていた。それと同時に、いつまでも純粋な加奈子にも憧れていたのかもしれない。

だけど。

春香は両手指の隙間から見慣れた部屋を覗く。その指の格子に輝くリングは、敦が与えてくれたものだ。中学校の閉校記念に併せて同時開催された同窓会で再会した二人は、短い期間で親密な関係となった。

敦との関係は、加奈子にも清子にも秘密にしていた。それを半年ほど続け、昨年、漸く結婚に至ったのだ。

加奈子の驚きはものすごかったが、清子は一言「おめでとう」と言ってくれた。

まさか小学生の頃の片想い相手と結婚したからと言って、こんな遠まわしな嫌がらせはしないだろう。加奈子にそんな、ねちねちした仕返しができると――少なくとも春香には――思えなかった。

では偶然か。

こけしは安産祈願だから。

そうだ。加奈子は私のために買ってきてくれた。疑うなんておかしい。大体、「子消し」だから何だと言うのか。ただの当て字の言葉遊びみたいなものじゃないか。

これは沢山売っていたものの一つ。木でできた民芸品。呪われたりはしないし、呪いなんて存在しない。

春香は必死で前向きに考える。

「子消しだか何だか知らないけれど、ただの木でできた民芸品じゃない。何を怖がることがあるの。大体――」

誰に言い訳をしているわけでもないのに、必死で喋り続ける春香の耳に、パサリという微かな音が響いた。

両手で顔を覆ったままの体勢で凍りつく。

今の音は？

顔を上げたいのに怖くて上げられない。

ただ、包装紙が落ちただけ。そう思っているのに、体が硬直したまま動かない。

かさり。

「……っ！」

今度は何の音？

確認したい。だけど顔を上げるのが怖い。見るのが怖い。

冷や汗だけが矢鱈《やたら》に吹き出し、冷えて更なる怖気を発する。

カタカタと震える汗ばんだ両手に髪が絡んで、更に手を顔から離せない。

ごとり。


「ッッ！」

声にならない悲鳴を必死で飲み込む。それが食道を、胃を圧迫する。

苦しい。心臓が痛いほど激しく脈打つ。


ごとり。


もう一度聞こえた。

叫びだしたいのを必死で我慢する。

何か一言でも声を発したら、少しでも動いたら、アレに見つかる。

見つかったら――この子を取られる。

春香は本能的にそう思った。

そう思ってから、「アレ」とは何かと自分に問う。

アレって何だ。
ごとり。
アレって、つまり——
くしゃり。
そんな筈がない。だってアレは——
くしゃくしゃくしゃ。
アレは違う。違うのに。
くしゃり。

違うけど――ああ。包装紙の上を何かが歩いている。

ごとり。ごとり。

歩いているって――何が？
アレて何？
ねぇ、何？
キヨちゃん。教えて。
今、私の目の前に居るアレは一体何なの？

ごとり。

それは確かに春香の足元で鳴った。
もう駄目だ。見つかった。
何に？

「子消し」に。


音が止んだ。

目を閉じたまま気配を探る。だが何も分からない。

何も分からない事が怖かった。

恐怖に耐え切れなくなった春香は、俯いたまま目を開いた。

顔を覆った両手の指の隙間から、切れ長の瞳が春香を見ていた。

思い切り空気を吸い込んだ喉が、ひゅっと高い音を立てる。

弾かれたように玄関へと走り出す春香の足が、くしゃりと小さな音を立てたかと思うと、
春香の視界はぐるりと半回転した。


ごつ。


重たい音が聞こえた。そう春香が認識した時、春香の視界は床の上にあった。

視界は真っ赤だった。

その赤い視界に何かがごろりと転がってきた。

その何かは、春香と視線を合わせると、小さな赤いおちょぼ口で嗤った。


「あれ?」

加奈子は鞄からティッシュを取り出そうとして、自身の携帯端末に着信があったことに気が付いた。

「春香からいっぱい着信来てる。何だろ」

「何か忘れ物でもしたんじゃないの?」

そう言って清子は、目の前に置かれたジンジャーエールに口をつける。

「そんな筈はないんだけどなぁ」

春香に掛け直すも、加奈子は訝しげな顔をしたまま「出ないなぁ」と呟くと、通話を切り「ま、いっか」と一人納得した。

「あ、そう言えば春香のお土産に、こけしあげたんだ」

「ふーん。反応どうだった?」

清子は大して興味もなさそうな顔で、ストローをくるくると回す。

「うん。凄く喜んでくれたよ。キヨちゃんのアドバイス通り、こけしにして良かったよ。

安産祈願だもんね」

加奈子はそう言って再び携帯端末を弄る。

「ほら、こんなやつ」

見せてきた画面に映る切れ長の瞳。おちょぼ口。大きな頭。赤で彩られた円柱の体。

「なかなか可愛いじゃない？」

加奈子は他にも数枚の画像を見せる。

「うーん。でも、アタシはやっぱりこけしって怖いかな」

「あれ？　キヨちゃんって、こけし嫌いだっけ？」

清子は苦笑を浮かべて頷いた。

「『子消し』は怖いから、ね」

虚食の家

東堂 薫

大学病院の精神科の奥に、長いあいだ入院している男がいる。

現状、社会復帰は二度と不可能。

周囲への認知能力はなく、ときおり、断末魔のような叫び声をあげる。

自主的に食事をとることはなく、眠りを極度に恐れ、おそらくは、このまま衰弱死していくのだろう。

ひとつ、謎がある。

男は自傷行為があるため、拘束衣を着せられている。だが、なぜか、その拘束衣の下に生傷が発生する。

誰かが見ているときには、その現象は起こらない。

男が一人になったときにだけ、それは起こる。

ただの傷じゃない。肉体の一部が欠損していくのだ。

もともと、男は正気を失った原因と思われる交通事故のせいで、両手と片足がないのだが。

残っている左足の指が一本、二本となくなり、今ではすべての指が失われてしまった。

ふくらはぎや、ふとももの肉が、ごっそりえぐりとられていることもある。

全身に、そんな傷がたえない。

男が自分でやっているとしか考えられないのだが、そんなことがあるだろうか？

男は拘束衣で体の自由をうばわれている。

えぐりとられた肉塊も見つからない。

自分で食ってるんだと言う者もいるが。

科学的には説明のつかないこの現象を、看護師たちは〝呪い〟だとウワサしている。

「この人、前は白バイ警ら隊だったらしいよ。検挙率高くて、やり手だったんだって。どんなことがあれば、人間って、ここまで壊れるんだと思う？」

「へえ。今からじゃ、ぜんぜん想像つかないですけどね」

「ものすごく怖い思いしたんじゃないかって、先輩ナースは言ってたけど」

「やめてくださいよ。そういうの、苦手なんですから」

二人の看護師が男の介護を事務的にこなしたあと、病室を出ていった。

ぱたんと、ドアが閉ざされる。

とたんに、病室の中から、叫び声が聞こえた……。

＊

あこがれの白バイ警ら隊に入隊して、まもなくのこと。

宙王《ひろお》は高速をおり、なつかしい道へ入った。

このあたりは、まだ自分が交通課の巡査だったころに担当していた地区だ。

広い市道と、細い旧道が、ゴミゴミ入りまじる、見通しの悪い道。

昔は化け物の名所だったとも言われる、うらさびしいあたり。

見通しが悪いがゆえに事故も多い。

以前は、ここで、よく点数をかせがせてもらった。

宙王には白バイ隊員になるという夢があった。評価は、つねに高くなければならなかった。

同僚たちは、よく言ったものだ。

「さっきのは大目に見てやってもよかったんじゃないか？　見てたけど。ちゃんと停まってたぞ」

「甘い。甘い。いいんだよ。あれぐらい厳しくしてやらないと、やつらはわかんないんだからな」

「あんまり、やりすぎるなよ。恨み買うぞ」

「肝に命じとくよ」

笑って、とりあわなかった。

自分たちだって、違反とは言いきれないようなドライバーにも、よく違反キップを切っている。

ボーナスの査定にかかわるからだ。自分たちの小遣いのために庶民の金をむしりとっているのだ。

どっちが身勝手なんだか。

宙王のは、もっと志が高いのだ。

そのためには、多少の犠牲はしかたない。

庶民がどう思おうと、知ったこっちゃない。

違反キップを切られたドライバーは、たいてい「弱い者イジメ」とののしったが、そんなのは負け犬の遠ぼえだ。

がむしゃらに職務をまっとうした。

運転技術も、ずばぬけて、すぐれていた。

三年後、宙王は念願の白バイ隊員になった。
今、こうして、以前の受け持ち地区に来ると、夢をかなえた自分を誇らしく感じる。
鼻が高い。
あのころの同僚たちなんて、足元にもおよばない。
しばらく進むと、カーブにかかった。
大きなカーブだ。カーブが終わったところで、すぐに細い道と交差する。
ここはカーブ側からの見通しが、とても悪い。
直前まで近づかないと、細い脇道に車が停まっていても気づけない。
しかも、道の手前に大きな木が植わっているのだ。
木のかげから、やっと脇道が見えた。
脇道に白い軽自動車がいたので、驚いた。
この道は、あいかわらず危険だ。
軽は、そのまま、宙王の前に出てきた。
もちろん、じゅうぶん、距離はあった。
しかし、よくも白バイの前に出てきやがったな、たいした度胸だ――と、宙王は思う。
これは一時停止違反だな。

停車してたかもしれないが、こっちは確認できてなかったんだからな。ていうか、軽のぶんざいで、白バイなめんな、タコが。

宙王は迷わず、軽を追った。

次の信号は青だ。

軽は、まっすぐ走り続ける。

そのあとに、ピッタリ、ついていく。

そして、その次の赤信号で停車したとき、宙王は軽の窓をたたいた。

「ちょっと話があるので、ついてきてもらっていいですか？」

運転者は女だ。

髪の長い、やせた女で、妙に顔色が悪い。

ほら、見ろ。白バイなめるからだ。今ごろ青くなってんじゃねえよ。クソが。

女は、うなずいたように見えた。

どこかで見たことがあるような気もしたが、知りあいではない。

宙王は軽の前に出て、ウィンカーを右に出した。

そこに大型モール店がある。

以前はよく、そこの駐車場を使わせてもらった。

信号が青に変わる。右折した宙王は、目を疑った。
白い軽は直進していったのだ。
まさか、白バイをふりきろうとするなんて。なんてバカな女だ。
急いで、宙王は反転し、軽を追った。
血がわいてくる。ワクワクする。
これぞ、白バイの、だいごみだ。
法を犯すやつらに制裁をくわえる自分は正義の味方だ。
子供のころ、夢中になった戦隊物のヒーローそのもの。
ウットリしながら、追っていく。
あたりまえだが、軽自動車がナナハンをふりきることなんてできない。
みるみる、追いつく。
素直に従っとけば、一時停止だけですんだのに。
ほんと、バカだよ。おまえ。
追いつかれた軽はスピードをあげた。
昼間の三時。
往来には、たくさんの車が走ってる。

そのなかを無謀な運転で追いこしながら、時速八十……九十……百まであがった。

赤信号も、つっぱしっていく。

ヤバイぞ。こいつ、事故るぞ――

それはそれで困る。

事故になって犠牲者でも出れば、今度は、こっちの責任問題になってくる。

せめて、交通量の少ない道にでも追いこめればいいのだが。そこで、ブロック塀かなんかに、こつんと軽く当たって、停まってくれるのは、ありがたい。

（しめた！）

軽が、曲がった。

あの脇道は、行き止まりだ。

入口のところに踏み切りがあり、のぼり坂になっている。そのさきは山のふもとの一軒家だ。道がとだえている。

ここまで来たら、捕まえたも同然だ。

宙王は続けて、曲がった。

踏み切りで警報機が鳴っている。

遮断機がおりてくる。

軽は強引に押しとおっていった。
宙王の鼻のさきで、遮断機がおりた。
だが、まあいい。
どっちみち、捕まえるのが早いか、ちょっと遅くなるかの違いだ。
さきが袋小路だと知ったとき、あの女は、何と思うだろうか?
(自分の愚かさを呪うんだな。スピード違反に信号無視。いっぺんに免停だ)
弱者を追いつめる、この感じ。
嫌いじゃない。
じつを言えば、子供のころはイジメっ子だった。
先生の前では優等生を演じてたから、大人は誰も疑わなかったが。
(待ってろよ。今、捕まえてやるからな)
最高の気分で、電車が通りすぎるのを眺めた。
カンカンと鳴りひびく警報機がやむ。
ようやく、遮断機があがった。
軽自動車は見えなくなっている。
とはいえ、ここからは一本道だ。逃げ場はない。

どうせ、坂道をのぼったとこで、立ち往生してるんだろう。

宙王は口笛ふきたいような心地で、アクセルをふかした。

行き止まりの一軒家まで、百メートルほどだったはずだ。

両側には、こぢんまりした民家が続いている。まじわる道は車では通りぬけ不可能な路地ばかりだ。

つまり、車の隠れていられる場所はない。

なのに、袋小路のさきに、白い軽自動車は見えなかった。

どこかの車庫にでも入ったんだろうか？

それなら、車番はおぼえてる。

あとからでも検挙できる。

坂道のてっぺんで、宙王は白バイを停めた。

いちおう、近所の庭をのぞいてみる。

ちょうど、散歩中の年寄りに出会った。

「すいません。さっき、白い軽自動車が、こっちに来ませんでしたか？」

年寄りは首をふった。

態度が、そっけない。

いや、宙王を見る目には、嫌悪感すら感じられた。

まったく無関係のことを、とつぜん話しだす。

「ここの家、今じゃ空き家だ。前は親子が住んでたが。母子家庭でなあ。ダンナが早くに病気で亡くなって、奥さんが一人で子供二人を、必死に育ててた」

だから、何だと言うんだろう？

「今は空き家なんですね？　じゃあ、どっかに引っ越したんですね？」

老人は冷たい声で言う。

「死んだんだ。みんな」

「死んだ？　何でですか？　事件なら、警察に通報したんでしょうね？」

「餓死したんだ」

「へえ。それは、かわいそうに」

宙王は心をこめて言ったつもりだった。

が、老人は宙王を無視して、きびすをかえした。近所の家の中に入っていく。

はっきりと言われたわけじゃない。が、なんとなく、宙王を責めているような感じだった。

宙王は舌打ちついて、白バイのところへ戻りかけた。

そのとき、言われた空き家を、何げなく、のぞいた。

ブロック塀に隠れていたが、庭に、あの軽が停まっている。

(何だ。いるじゃないか。ふるえて小さくなってたんだな)

ニヤっと、ほおに笑みが広がるのが、自分でもわかった。

宙王は荒れた庭の中に入っていった。

ひどい家だ。

空き家になってから長いんだろう。

窓ガラスが割れ、散乱している。縁側はくさり、穴があいている。屋根もかたむき、瓦がくずれ落ちていた。瓦のないところはコケむし、雑草が生えていた。

お化け屋敷だ。

さぞや、近所の子供のかっこうの遊び場になってることだろう。

軽の近くまで歩いていった。

のぞくが、中に人はいない。

どこに行った?

おおかた、宙王と老人の話し声を聞いて、あわてて身を隠したのだ。だとすれば、ほかに場所はない。この空き家の中だ。

宙王は、なかば、くずれた家屋に向かっていった。
玄関の引戸は開かない。屋根がくずれて、ゆがんでしまったせいか。
しょうがなく、縁側に回る。割れたガラス窓から、中へ入った。

入った瞬間、ゾクッとした。
むわっと、卵の腐ったようなイヤな匂い。生ぐさい。
まとわりついてくるような湿気。
なのに、妙に鳥肌が立つ。
それに……暗い。
昼間とは思えない暗さだ。
いかに家屋の中とはいえ、これは暗すぎる。不自然だ。
イヤな場所だな。
早く、女を見つけて、外に出よう。
そのとき、音がした。背後だ。
宙王は、あわてて、ふりかえった。

子供だ。
四、五歳だろうか。
やせほそって、男だか女だかも、よくわからない。

なぜ、子供が、こんなところにいるんだろう？

「おい。おまえ、友だちと肝試しにでも来たのか？　ダメだぞ。早く家に帰れ」

子供は、じっと宙王を見つめるだけで、動かない。

言葉が通じているんだろうか。

（やなガキだな。ガキのくせに、暗い目してやがる）

この世のすべてを恨んだような目つきだ。五つやそこらの子供の目じゃない。

カビの匂いが、きつくなった。

いや、カビっていうより、鉄くさい。血の匂いか？

「いいかい？　空き家とはいえ、よそのうちに忍びこむのは犯罪なんだ。警察に捕まりたくなければ、さっさと帰るように」

おどしてやるが、静かな目で、こっちをにらんでる。

（生意気なガキだな）

にらみあっていたとき――

「その子は、お腹をすかしているんです」

ふいに女の声がした。

あまりにも、突然だったので、宙王は思わず「わッ」と声をあげた。

いつのまに、そこにいたのか？

座敷に女がすわってる。

よく見れば、さっきの白い軽に乗ってた女だ。

「あんた。そんなとこにいたのか！　わかってるんだろうな？　信号無視二回、スピード四十キロオーバー、一時停止も何回、無視した？」

「あのとき、わたしは停まったんですよ」

じっとり上目づかいに、女は宙王を見る。

その顔、やっぱり、どこかで見たような……？

ガイコツのような暗い顔をながめるうちに、またもや鳥肌が立った。わけもなく、冷や汗がでてくる。

しかし、いったん言いだしたことを警察官がひるがえすわけにはいかない。たとえ、それが誤った内容でも、だ。

「あんなんじゃダメだ。もっと、しっかり停止して、自転車や歩行者がいないか確認しないと。安全確認が不十分だった」

するとは、とうとつに、にへらっと笑った。

「あの日と同じことを言う……」

「あの日？」

「あの日も、わたし言いましたよね。ちゃんと停まりましたって。それを、あなたが難癖つけたんです。あのモールの駐車場につれていかれて。わたしが遅刻するから早くしてくださいって言うのに、あなた、わざと、ゆっくり書類書いてたでしょ？」

「いつの話だ？　さては、あんた、違反の常習者だね」

「あの日だけは、絶対に遅刻するわけにいかなかったのに……」

反省の色なしか。

「じゃあ、とにかく、今日の切符きるから。おとなしく、ついてきなさい」

背を向けたとたんに、異様な気配がした。

すぐ真うしろに誰かが立ったような気がして、あわてて、ふりかえる。

誰もいない。

気のせいか？

女と子供が、あいかわらず暗い目をして、こっちをにらんでいるだけだ。

宙王は女に背を向けることが、なんとなく怖くなった。
このあと、どうしたらいいんだ？
女を白バイのとこまで、つれだすのはムリそうな気がする。
だとしたら、一人で帰って、道具を持ってくるべきか。
でも、背中を見せるわけにはいかない……。
強迫観念めいて考えていると、女が、するっと立ちあがった。
「夕食の用意してきますね。この子がお腹をすかせてますから」
夕食？　何で、こんな空き家で？
まさか、こいつら、空き家に住みついた不法侵入者か？
ふすまを開けて、女は奥へ行った。
向こうは、土間の台所のようだ。
待て、勝手なことをするな――という言葉は、のどにつまって出てこなかった。
女がいなくなると、子供と二人きりだ。
子供は、じっと宙王を見つめている。
その口が、しだいに、だらしなく、開いてくる。
ヨダレがダラダラこぼれた。

（何だ。こいつ。正気か？）
目が、だんだん血走ってくる。
ニヤぁッと笑う子供の口の中が、いやに赤い。
思わず、宙王は、あとずさった。
目の前にいるのが、人の形をした獣のような気がした。
そのとき、ガラッと、ふすまが開いた。
女が食事をのせた盆を手に、もどってくる。
「さあさあ。お食べ。おいしくできましたよ」
古い座卓の上に、女は盆をのせた。
子供が夢中でとびつき、むさぼる。
ビーフシチュー……だろうか？
あるいは、モツ煮？
肉の香ばしい匂いがする。
急に自分の腹が鳴ったので、宙王は、とまどった。
「おやまあ。あなたもお腹をすかしてるんですね。いっしょに食べますか？」
「いや……」

「そんなこと言わずに、ぜひ、どうぞ。じつを言うと、うちには、もう一銭もお金はないんです。お支払いするお金はないんですよ。だから、これで、かんべんしてくれませんかねぇ」

そんなことを承諾するわけにはいかない。

しかし、やけに腹がへる。

肉が妙に、うまそうで、たまらない。

頭がクラクラして、まともに考えることが難しい。

「……じゃあ、一杯だけ」

何かにあやつられるように、つぶやいていた。

女が笑い、ふすまの向こうに出ていった。

そして、ビックリするぐらい、一瞬で帰ってくる。

手には、また、あの肉料理を持って。

「さあ。どうぞ。おいしいですよ」

すすめられるままに、いつのまにか、座卓の前にすわっていた。

スプーンでスープをすくうと、うまそうな匂いが鼻腔をくすぐる。

それにしても、いやに赤い。トマトソースか？

骨つきの肉が、トロトロに煮込まれている。

宙王は、ひとくち、かじった。
(ウマイ)
こんなウマイ肉は初めて食べた。

貧乏なはずなのに、こんなに、いい肉をどこから手に入れたんだろう?

いつしか、宙王自身も、夢中になって、がっついていた。皿まで、なめるように、むさぼる。

「あらあら。もっと、どうですか?」

「もらおう」

女が、また、ふすまの向こうに消える。

今度は、なかなか帰ってこない。

まだか? 遅いな。早く食わせろよ。

イライラしながら待っていると、とつぜん――

「ギャアアアッ――!」

悲鳴が聞こえた。

鳥か? 鳥の首でも、しめたんだろうか?

でも、何だか、人間の声みたいだったが……。
見ると、子供の目が嬉々と輝いている。
血走ってるのを通りこして、真っ赤だ。
赤く、ギラギラ、光ってる。
血の色だ。
ふすまの向こうでは、さらに、すごい物音が続いた。
重いものを倒すような音。
ノコギリで切断するような音。
液体のしたたりおちるような音。
宙王は体が、ふるえてくるのがわかった。
この向こうで、今、何がおこなわれているんだろう?
恐る恐る、ふすまの前に立った。
そっと、指をかける。
そうっと、そうっと……開く。
女が、こっちに背を向けていた。
手に、ナタを持っている。

ダン——！
ナタが、ふりおろされた。
ダン！　ダン！　ダン！
続けざまに、女はナタをおろし、まな板の上のものを切りおとす。
それを見て、宙王は吐きそうになった。
「うわああぁッ——！」
自分の口から悲鳴がほとばしるのを、止めようがない。
「わあああああああああぁッ！」
子供だ。
まだ二歳くらいの小さい子供の体が、まな板にのせられている。
小さな丸っこい手や足が、ナベで、グツグツ煮られていた。
(指……頭……人間…………)
まさか、あれを食わせたのか？
この女、おれに、あれを——
しりもちついて、へたりこんだ。
女が、ふりかえった。

「だって、もう食べるものがないんです。この子は死んでしまったから。残された上の子だけでも、食べさせてあげないと」

女の目も赤く光っている。

やつれた顔にこびりついた笑みは、人間のものとは思えなかった。

宙王は悲鳴をあげ、はいずりながら逃げだした。

足が立たない。

縁側から、ころがりおちる。

しかし、痛みも感じない。

(何で……こんな……誰か、助けてくれ！)

女はナタをふりあげて追ってくる。

「言ったのに……今度、遅刻したらクビなんです。家には幼い子供が待ってるんですって」

ふいに、脳裏に、ある映像が浮かぶ。

まだ巡査だったころ。

一時停止違反で、ひきとめられて、泣きながら訴えていた女。

「助けてください！　水も電気も止められてるんです。そのお金がないと、ほんとに生きていけないんです！　子供が待ってるんです！　お願いします！」

それで、自分は、どうしたんだったっけ？

女の財布から、なけなしの金をむしりとった。

わざと処理に手間どったふりして、女を仕事に行けなくした。

わあわあ泣いて、おもしろかったから。

「あの子に食べさせないといけないんです。あなたは下の子と違って、体が、とても大きいですね。すごく、たくさん、肉がある……」

目の前にナタがせまってくる。

「うわああアアッ！」

さけびながら、草の上をころがった。

女のすねをける。女が、よろめく。

そのすきに、立ちあがった。

アスファルトの道に出る。

あの女は異常だ。

逃げないと。

早く逃げないと。

食われる。

食われてしまう――

必死で白バイのところまで戻った。

急いで、またがる。

ふりかえると、赤い目を光らせた女が門から、とびだしてくる。そのうしろからは子供も。

エンジンをかけると、すぐさま、アクセルをふかした。

坂道をころげるように、バイクは、つっ走る。

女の声が背後から聞こえる。

「あなたの肉をちょうだい。わたしたちに食べさせて。わたしの子に。あなたの肉ゥ――!」

「ワアアアッ!」

目だけで見ると、すぐうしろに、女がいる。

空中をすべるように走っている。

その顔は、鬼だ。

人喰いの山姥。

もうすぐ、宙王の肩に手がかかる。

幻影が目の前をちらつく。

まな板にのせられる宙王。

ふりおろされるナタ。


ダン！　ダン！　ダン！


切断される手足。

グツグツ煮込まれて、とても、うまそう……。

「イヤだああッ――来るな！　来るなアアアーッ！」

ダン！　ダン！　ダン！

カン！　カン！　カン！

どこかで激しい音がする。
切断の音？
いや、サイレンのような？

カン、カン、カン、カン、カン――！

（アレって……？）

警報機の音？

思ったときには、遅かった。
メーターは二百。
白バイは猛スピードで踏み切りに突入する。
特急に、はねとばされ、宙王は空を舞った。

＊

病室の中から、悲鳴がひびく。

耳をすませば、ときおり、聞こえるという。

嬉しそうな母子の声が。

「おいしいね。お母さん」

「おいしいわね。もっと食べなさいね。たくさん。たくさん。まだまだ、お肉は、こんなにあるんですからねぇ……」

青耳

霧野一

「えっ⁉　嫌だ嫌だ！　嘘でしょ‼」

財前麗奈は朝、洗面台に設置されている鏡を見て絶叫した。


青耳。


そう耳が真っ青に染まっていたのだった。

麗奈は真っ青な顔で必死に耳を洗った。だが青色は全く落ちない。

青耳――それは都市伝説で囁かれる怪異、耳がある日突然真っ青に染まる怪異だった。

この怪異に襲われ、青耳となってしまった人間は他の人間、そう血の繋がった家族からさえ忌避されることが多かった。

なぜなら青耳となってしまった人間は他の人間の心の声を読んでしまうから……。そう青耳は別名、心の地獄耳と呼ばれていた。そう、他者の心の声を余すところなく聞いてしまうゆえ……。

麗奈は真っ青な顔でフラフラとダイニングへとやって来た。

「おはよう」

いつも通り母が笑顔で挨拶してくれる。しかし麗奈の青耳を見ると、その顔が一変した。そして麗奈の青耳に母の心の声が流れ込んできた。

【おぞましい！　我が子が青耳になってしまうなんて。私の浮気もこの娘にバレるのかしら。しまった！　今私が考えていること全てが……】

母の顔が引き攣った。

麗奈は朝一で信じていた母の衝撃の告白を聞かされると思わず涙ぐみ、ダイニングを抜けて二階の階段を上り自分の部屋に入ると、制服に着替え、化粧をし、一目散に家を飛び出したのであった。

高校へ行く麗奈の耳を街行く人々は好奇の目で眺めた。

【おっ、久しぶりに見たな青耳の子。顔が可愛いのにこれからの人生終わったも同然だな。誰が自分の心を読む彼女を欲しがると言うのか】

【青耳か。俺は初めて見たな。それにしてもいいケツにいいムネしていやがる】

思わず麗奈はそのオッサンを睨みつけた。オッサンは悪びれた様子で麗奈から目を逸らすのだった。

麗奈はなるだけ道行く人々と目を合わさないように歩いていたが、嫌でも彼ら彼女らの心の声が麗奈の青耳に流れ込んできた。

麗奈はとにかく高校へと急いだ。高校なら大丈夫と麗奈は確信していたから。


そう高校は麗奈にとって楽園以外の何物でもなかった。

麗奈はクラスのスクールカーストの頂点に君臨する超人気者だった。

だから……たとえ自分が青耳になってしまっても、自分を慕うクラスメイトからは決して見捨てられることはないだろう……。それが麗奈の希望的観測だった。

高校に着き、クラスのみんなを信じながら……それでも恐る恐るドアを開ける麗奈。きっと麗奈をいつものように爽やかな笑顔が迎えてくれると信じて。

教室に入った麗奈は努めて明るく振舞った。

「みんな、おはよう！」

するとだった。麗奈の青耳に気付いたクラスメイトの顔が引き攣った。

【麗奈……青耳になったんだ。これって心の声が読める怪異なのよね。こいつもう人間で

はなくて妖怪の一種かよ。妖怪麗奈！　プッ！　ウケルわ】

【うわっ……あの都市伝説マジだったんだな。キショクワリィ！　でもまさかあの麗奈が青耳かよ。こいつめっちゃ調子こいていたよなあ。スクールカーストの頂点だか何だか知らないが地獄に落ちていい気味だ】

【顔が美人でスタイル抜群、勉強ができても就職は厳しいでしょうね。どうするのかしら麗奈、進路。心の声を読んで喜ばれる職業……精神科の先生？　でも病院はそんな奇妙な先生置きたがるかしら？】

【こっち来んなよ。でも距離は関係ないのか？　俺が麗奈をオカズにしていたこともバレるんだろうな……あっイケネ！　聞かれてるんだ】

麗奈の顔が引き攣った。

誰もが日々親愛の情を持って接してくれている仲間、親友とばかり思っていたのに……心の声を聞くと麗奈に対する誹謗中傷ばかりだった。

『私のスクールカーストの頂点と言うのは……幻だったの？』

麗奈は自分の席に座ると、顔を伏せて泣いたのであった。

その日を境に麗奈のスクールカーストの位置は頂点から一気に最底辺に突き落とされた。

親友と思っていた誰もが麗奈が話し掛けてもガン無視。ただし心の声だけが届いた。その心の声も麗奈を疎んじ、差別するものだったので次第に麗奈も誰にも話し掛けることはなくなったのであった。

放課後、麗奈はバスケットボール部に所属していたが心の声が読めるのはフェアではないとの理由で部活動の参加を拒否されたのであった。

麗奈は仕方なく家に帰った。家に帰っても母とは口を聞かなかった。麗奈はふと台所に立ち寄り包丁を手にし、洗面台に向かった。そして洗面台の鏡に映る忌まわしい青耳の付け根に包丁を当てた。

『この青耳のせいで私の人生は地獄だ。こんな青耳切り落としてやる！』

だが……耳の根元に刃先が触れただけで……麗奈の手は止まった。麗奈の手は震えていた。やっぱり……自分の耳を切り落とすことなんてできない……。

麗奈の手から包丁が床に零れ落ちた。

そして麗奈はガクリと身を崩すと号泣したのだった。

翌日、麗奈は平静を装い高校に向かった。そして教室に入って自分の席に座ろうとした時だった。机にペンでこれでもかと落書きがされていたのだ。

〝青耳、この教室から出て行け！　転校しろ！〟

〝いつでも心の声を聞かれていると思うと落ち着かない。本当に消えろ！〟

〝妖怪麗奈！　妖怪麗奈！　妖怪麗奈！　人外は人間社会から出て行け！〟

麗奈は泣きたい気持ちを抑えて席に着いた。心の声を辿れば落書きをした犯人捜しは容易いだろう。でも……これはもしかするとクラスメイトの総意のような気がし、麗奈の体は震えた。

『私には誰一人味方がいない……』

麗奈は今迄に感じたことのない孤独へと突き落とされたのであった。


そして授業が進み、二時限目の前の休み時間のことであった。

筆箱に消しゴムを入れようとして手が滑り、床に落ちた消しゴムを拾おうとした時のことであった。

麗奈の席は教室中央の一番後ろ。そして麗奈から向かって左の一番後ろの窓際の席に本を読んでいるクラスメイトに目が留まった。

楠木ミチコ。

そう、彼女は麗奈がスクールカーストの頂点であった頃は眼中にすら入らなかった、スクールカーストの最底辺にいる地味で目立たない、クラスの誰もが話し掛けようとしない生徒だった。

麗奈は何気にミチコの様子を窺っていた。それに気付いたミチコが読んでいた本から目を逸らし、麗奈の顔をメガネの奥の細い目で見つめる。

麗奈の心が委縮した。

『楠木さんも……きっと私のことを酷く言うに違いない』

だが意外にもミチコはしばらく麗奈の顔を眺めただけで、心の中で麗奈の文句一つ言わず再び本を読み始めたのであった。そんなミチコに対して麗奈は驚きを隠せなかった。

『私を見て無表情だったけれど……このクラスで私の悪口を心の中で言わない人なんて初めてだわ……』

そして次の休み時間。麗奈は再び本を読んでいるミチコに勇気を持って話し掛けてみたのであった。

「楠木さん……どんな本を読んでいるの？」

麗奈の声は震えていた。きっと無視されるに違いないと思ったから。

するとミチコはやはり無表情であったものの、麗奈に背表紙を見せた。

「小説」

心の声もとくに麗奈を疎んじていない。

麗奈は笑顔で話し掛けてみた。

「私も小説好きなんだ……」

それから二人は互いの読んだ小説について色々と感想を言い合ったりした。

この時を境に麗奈の教室での地獄のような日々に少しだけ光明が射したのであった。

そう……たった一人でも、自分のことを忌避しない人間。まさかそんな人間が現れるなど夢にも思っていなかったので、麗奈は嬉しくて涙を零してしまったほどだった。

スクールカーストの頂点にいた頃は眼中に入らなかったミチコが、今は麗奈の唯一の心の支えとなったのであった。


そんなある日のことだった。高校は依然楽しくはなかったものの、麗奈を差別しないミチコのお陰で何とか人間らしい営みが送れる麗奈だった。

そして放課後、依然部活動の参加拒否をされていた麗奈が、自宅へ帰ろうとしていた時のことだった。

一人の女子生徒が廊下の前から歩いて来る。心の声を嫌でも麗奈の青耳は拾う。

【嫌だなぁ。麗奈先輩に話し掛けている所見られたらイジメを受けないかなぁ】

なぜかその女子生徒は麗奈に話し掛けようとしているらしかった。そして麗奈はその女子生徒に見覚えがあった。

そしてその女子生徒は麗奈の顔には目を合わせようとせず、「ちょっとこっち来て下さい」と人目の付かない廊下の端に麗奈を連れて来て言った。

「麗奈先輩。正直に言いますね。今日を最後に私には話し掛けないで下さいね。麗奈先輩と友達だと思われるとキツイので。でも……麗奈先輩は以前私をイジメから救ってくれたのでこれだけは教えてあげたくて」

麗奈は寂しそうに答えた。

「私からはあなたに二度と話し掛けない。あなたが私に教えたいことって何？」

その女子生徒は答えた。

「私……青耳が治る方法を知っているんです」

麗奈が驚嘆の声を上げた。

「本当！　嘘じゃないのね？」

すると初めてその女子生徒は麗奈の目を真っすぐに見て答えた。

「私が嘘を言っていないかは……私の心の声を聞いて頂ければ分かるはずです」

【早く麗奈先輩の傍を離れたいなあ。クラスメイトに見られないかなあ。でもちょっとだ

け青耳になった麗奈先輩は可哀そうだし……正直、青耳治って欲しい……】

女子生徒は嘘を吐いていないようだった。

麗奈は尋ねた。

「教えて欲しい。青耳を治す方法を」

女子生徒は頷いた。

「青耳を治すには、青耳となった別の人間の青耳、そうその青耳を食べればいいんです」

衝撃的な治療法だった。

だが……女子生徒の心の声は、今、女子生徒が口にした言葉と一致した。麗奈を揶揄《からか》っている訳ではなさそうだった。

麗奈は尋ねた。

「本当みたいね。でもどうしてあなたそんな情報を知っているの？」

女子生徒が麗奈の耳元で小声で囁いた。

「他言は無用ですよ。実はお爺ちゃんが青耳になって、お爺ちゃんは貧乏な青耳の人間を見つけ出し、財産家だったお爺ちゃんはその男を口説いて二億円でその男の青耳を譲って貰ったんです。そして青耳を食べたお爺ちゃんは元の耳に戻ったんです。お爺ちゃんは青耳を食べると元の耳に戻ると言う情報は人伝に聞いたそうです」

やはり心の声と一致している。

「ありがとう……。とても貴重な情報だわ」

そして女子生徒は去り際ポツリと呟いた。

「ただし……とお爺ちゃんは言っていました。場合により青耳を食べても青耳が治らないケースがあると。ですがそれがどんなケースかは教えてくれませんでした」

「そのケースがどんなケースかをお爺様に電話で尋ねて下さらない？」

「協力してあげたいのは、やまやまなんですが……去年お爺ちゃんは他界しまして」

それではどうしようもなかった。だがこの情報は麗奈にとって万金に値する情報であった。麗奈は女子生徒に礼を言い、彼女と別れた後廊下を歩きながら思った。

『二億円か……。ウチは普通のサラリーマンの家だし……でも諦めたくはないなあ。何とか他に青耳を手に入れる方法はないかな……』

そんなことをブツクサ考えながら帰路へとつく麗奈であった。

＊

あの麗奈が青耳となり、地獄へと突き落とされる日々が始まってから二か月が経とうとしていた。麗奈とミチコはもうその頃には心を通い合わす親友となっていた。麗奈はミチコに感謝をしてもし切れなかった。麗奈は思った。『スクールカーストの頂点にいた頃は私は本当の意味での親友など作ることができていなかったのかも知れない。今……ようやく本当の意味でのそう……生涯お付き合いしたくなるような親友を手に入れることができたんだわ』と。依然、ミチコの他のクラスメイトは麗奈の顔を見る度、麗奈に対するネガティブな心の声をぶつけてきたが、そのことによって暗くなりそうな麗奈の心をミチコの笑顔が支えていたのであった。

＊

そんなある日のことだった。
再び教室に衝撃が走った。
それを見た麗奈は開いた口が塞がらなかった。
教室に入って来た楠木ミチコの耳が真っ青に染まり……青耳となっていたのであった。
クラスメイトの動揺が教室内を満たす。
【おい……まさか……青耳って感染性の怪異ではないだろうなあ……】

【俺……転校しようかな……】

【本当に本当に本当に……もう嫌！　魔女狩りよ！　コイツら二人火刑に処すべきだわ！】

そんなクラスメイトの心の声が聞こえているはずなのにミチコは眉一つ動かさず、自分の席に着いた。そして笑顔で麗奈の方を見て「おはよう」と言った。

やや顔を引き攣らせて「おはよう」と答える麗奈。麗奈はミチコの席に向かった。そしてミチコに尋ねた。

「ミッちゃん……私の青耳……うつったの？」

するとミチコは笑顔で答えた。

「青耳は感染性の怪異ではないの。誰がいつどのような原因で青耳になってしまうのかはまだ全く解明されていない。科学じゃ……まだ立ち入ることのできない領域の問題なのよ……。だから麗奈が気にすることではないの」

ミチコの心の声はミチコが口に出した言葉と一致していた。ミチコは決して麗奈を恨んでなんかいなかった。そこにいたのはいつも通り冷静な性格で恥ずかしがり屋ではあるものの優しい心を持つ等身大のミチコだった。

そして……麗奈はミチコの青耳を見つめた。正直親友が青耳になってしまったのを見るのは耐えれなかった。だが……その青耳を見つめる内に麗奈に別の感情が生じてきそうになった。

慌てて、麗奈は、その感情を殺しに掛かった。

そう……ミチコに絶対にその感情を読まれぬために。


放課後、麗奈はミチコと別れ、校門から出て、押し殺した感情を解放した。心の声は経験上三十メートルも離れれば聞こえないことを知っていたからだ。

『欲しい！　絶対にミチコの青耳を手に入れたい！』

あれほど心を通わせた親友だったのに……既に麗奈の心の中には鬼が生まれ始めていた。

そう麗奈は親友と紡いだ友情より……己の欲望を優先させることを選んだのであった。


麗奈は家に帰ると早速ミチコの青耳を奪う計画を立てたのであった。

麗奈の計画はシンプルだった。

だが麗奈には一つだけ気掛かりなことがあった。相手も青耳を持っている。そう、自分の心の気持ちを押し殺さなければ計画は失敗してしまうのだ。だが絶対に計画を失敗させる訳には行かない。麗奈は直ちに計画に取り掛かることを延期した。そう……まず己の心を鍛錬しなければ……。そう心を無心に保つ訓練。

そして麗奈は週末になると近くの禅寺へ座禅を組みに行くのであった。そして座禅を組み始めて約二か月後。麗奈は己の心を無心にする技を極めた。これならば……ミチコの前で心が動揺することもなかろう……。

遂に麗奈はミチコの青耳を奪う計画を実行することにしたのであった。

＊

ある日、麗奈はミチコを家に誘った。

「ねえ、ミッちゃん、今度の日曜日家でお茶しない？　とても面白いＤＶＤがあるの。きっとミッちゃん好みの映画だと思うの。家族も出掛けていないし、ねっ!?」

うーんと思案するミチコ。ミチコの心の声が聞こえる。

【日曜は図書館に行ってその帰りにお気に入りのカフェでケーキを食べる予定なんだけれどなぁ】

すかさず麗奈が答えた。

「ミッちゃんの大好きな林檎のミルフィーユ買っておくわ！」

するとと恥ずかし気に頬を染めて答えるミチコ。

「もう！　心の声読んだのね。まあ青耳同士だし仕方ないか。ウフフフ。それじゃあ、お邪魔させて頂こうかしら」

麗奈の心は座禅の成果もあり一切揺れなかった。有り余る喜びの感情を殺していたのである。

優しい微笑みを顔に浮かべて答える麗奈。

「うん！　それじゃあ、せっかくの休日だし楽しもうね」

「うん、そうしよう！」

ミチコがあどけない顔に柔らかな微笑みを浮かべて答えるのであった。

＊

日曜日。麗奈の母と父は一緒に買い物に出掛けて行った。夫は妻が浮気していることなど露ほども知らずに。麗奈は母の弱みを握ったことにより小遣いアップに成功していた。

「パパが可愛そうだけれど自業自得よね。だって……パパだって浮気しているんだから……」

麗奈は二人からそれぞれ小遣いを貰うことにより小遣いを増やしていたのだった。青耳に対して呪詛に似た気持ちしか抱かなかった麗奈だったが、ちゃっかり青耳を利用する所は利用していたのだった。

『だけれども……こんな青耳とは今日でさようなら。そう私は再びスクールカーストの頂点に君臨するわ……』

麗奈は不敵な笑いを浮かべるのであった。

そしてしばらくしてチャイムが鳴った。

玄関に向かう麗奈。

「はーい」

「ミチコです」

ドアを開ける麗奈。清々しい笑顔でミチコを迎える。

「ミッちゃん！　ようこそわが家へ！」

「お邪魔します。これ……つまらないものだけれど」

ミチコが麗奈に渡したのはクッキーの詰め合わせだった。

「気を使わなくていいのに。でも嬉しい！　後で一緒に食べようね！」

「うん！」

そしてミチコは蟻地獄へと足を踏み入れたのであった。

二人は二階にある麗奈の部屋に向かい、林檎のミルフィーユと紅茶を頂きながら雑談した。

すると……だった。紅茶を飲んでいたミチコの目がとろーんとしてきたのだった。

「どうしちゃったんだろう……私」

ウトウトと眠りに就くミチコ。

そんなミチコを横目に舌なめずりしながらベッドの下に隠していた縄を手に取る麗奈。

麗奈はミチコの耳元で囁いた。

「楽しい午餐の始まりよ」

と。

＊

「ねえ、ミチコ！　起きなさい！　ミチコったら！」

麗奈に体を強く揺さぶられて目を開けるミチコ。麗奈がミチコの紅茶に入れた睡眠薬は軽いものだった。

　後ろ手に縄を縛られているのに気付くミチコ。

「麗奈！　これは何!?　一体私をどうしようと言うの？」

　麗奈が悪魔のような笑みを浮かべて答えた。

「ゴメンね。あなたが寝ている間にことを済ませても良かったんだけれど……それじゃあ、あんまりだと思って、一応お断りの上でと言うか……あなたは断固として承諾しないはずだけれど……私達……友達になった訳だし」

「麗奈？　何が言いたいの？　不思議ね。あなたの心の声が読めないわ」

　ペロッと悪戯っ子のように舌を出し答える麗奈。

「禅寺でビシバシ扱かれて心を鍛錬した成果よ。あのね……ミチコ。単刀直入に言うね。私、あなたの青耳が欲しいの」

　メガネの奥の三日月のような細い目でジーッと麗奈の目を見つめるミチコ。

「知ってしまったのね……。青耳を元の耳に戻すには他人の青耳を食べればいいということを……」

　驚きで目を大きく見開く麗奈。

「あなたも……それを知ってるの？　でも……不思議ね。なら、なぜ私の青耳を奪おうとしなかったの？」

ミチコが麗奈の目を寂しそうに見つめて答えた。

「麗奈は……親友だから」

麗奈も一瞬心が痛んだが……再び心を鬼にして答えた。

「ミチコ……。ゴメン。今日で親友辞めさせて貰う。だから……あなたの美味しそうな青耳頂くわ……」

するとだった。泣き出すミチコ。

「麗奈……。それだけはいけない。あなたも青耳を食べると元の耳に戻ることを知っているのなら……別の側面も知っているのでしょう？　誰もが青耳を食べたからって治るとは限らないって」

頷く麗奈。

「それも知っている。でも食べてみなきゃ治るか治らないか分からないじゃない」

そして麗奈はガブリとミチコの右の青耳に齧りついたのであった。

絶叫するミチコ。

「ギャヤヤヤ――――！　止めて麗奈。違うの私達はもう駄目なの！　互いに食べちゃ駄目な仲になったの……ギャヤヤヤヤ――――！」

『食べちゃいけない仲？』

麗奈はミチコの言葉を不思議に思ったが、青耳を食べられたくないことへの最後の抵抗の言葉として受け取ったのだ。

そして麗奈はミチコの青耳を噛みちぎり……ムシャムシャと鬼のように咀嚼した。

真っ赤な血が片耳を失ったミチコの側頭部と、麗奈の口から同時に流れた。


ゴクリ。


青耳を胃袋に送り込む麗奈。

「ああ……美味しかった。これで地獄の日々から卒業できるのね。でも、片耳でもし私の耳が治ったらその残った片耳は残して置いてあげるから……」

そして麗奈はドキドキしながら手鏡で自分の顔を映したのであった。

麗奈の顔が凍り付いた。

その麗奈の凍り付いた顔を見て寂しそうな表情を浮かべるミチコ。

「だから……言ったじゃない。私達は互いの青耳を奪いあっちゃ駄目な仲になったって……」

麗奈の耳は……真っ赤に染まっていた。

赤耳。

そう……青耳の陰に隠れて余り浮上しない都市伝説であったのだが、青耳の治療に失敗した者がなる……赤耳。

これは……最悪の耳だった。

ミチコが冷めた目で話を続けた。

「麗奈は親友だと信じていたのに。麗奈、青耳はね【互いに心を通わせた者同士】が食べたら絶対に駄目なの。心を通わせずに青耳をお金で買収したり、強盗のように奪ったら問題なかった。だけれど……もう私達は心を通わせ過ぎた。心を通わせた者の青耳を食べると治療はおろか……赤耳になってしまうの。もう……私の声が聞こえなくなりつつあるでしょう。そう赤耳はね、人の声、そして人の心の声がまず聞こえなくなり……そして……そろそろ聞こえてきたんじゃない？　赤耳はね……この世を彷徨《さまよ》う怨霊の心の声だけを拾ってしまうの………………………………」

そこで完全にミチコの声と心の声は途絶え、口だけをパクパク動かすミチコの顔が麗奈の目には映っていた。

代わりに……地獄の底から響いて来るかのような、恨めしい声、身を切られるような悲鳴、苦しみに唸り続ける声……麗奈の耳は文字通りの地獄耳と化していたのであった。

麗奈は頭が割れるような怨霊達の苦しみの声に涙を流しながらメモ帳にペンを走らせ、ミチコの縄を解き、見せた。

【助けてミチコ！　赤耳を治す方法を教えて！】

ミチコは寂しそうな顔でメモを返した。

【麗奈……赤耳を治す方法は見つかってないの】

頭を抱えて地獄の底から号泣する麗奈であった。

漁師の闇バイト

ガラクタイチ

僕には高校時代にO君という同級生がいました。

O君は高校卒業後、漁師である父親の船に乗って働くことを決意。

僕はというと冴えないFラン大学を卒業後は、都会の零細企業で営業の仕事に翻弄されていました。安月給で炎天下の外回りです。

帰郷した際はO君と会うのが恒例行事になっていました。O君は二十代なのに金をガンガン稼ぎ、飲みに行くといつもおごってくれたので最高にありがたい存在なのです。

その年も僕は短い休みを利用して実家のある港町に帰郷し、O君と落ち合いました。居酒屋で酒を酌み交わしながら、懐かしい高校時代の思い出を語り合いました。

「まだ何日か町に残るなら、バイトしないか?」

酒の回ったO君は顔を紅くしながら突然僕を誘ってきました。

「バイトって、船に乗れってこと?」

「もちろん。他に何がある?」

Ｏ君はジョッキに三分の一くらい残っていたビールを飲み干しました。

「無理だよ、無理。ゲロ吐いて終わりだって。ていうか何で休みの日に働かないといけないんだよ……」

僕は拒絶しました。

「簡単な仕事だから安心しろ。俺の補佐をしてくれたらそれでいい」

「時給いくら？」

「時給じゃないよ。一回手伝ってくれたら五十万やる」

「嘘でしょ？　ハイ、ハイ！　やる、やる！」

僕は両手を挙げて引き受けました。

「よし。早速いこう。ちょうど仕事があるんだ」

「え、今から？　どんな仕事なの？」

「このバイトの条件は、深く詮索しないことだ」

「……」


僕とＯ君は居酒屋を出ると、さびれた田舎の歓楽街を千鳥足で抜け出し、港湾沿いにある倉庫群の前を歩きました。真っ黒な海からは波の音だけが聞こえていました。

「こんなひとけのない暗い所で何するんだ？」

僕は胸騒ぎがしていました。

「最近は不漁続きで、このへんの漁業関係者は大変なんだよ」

「そのわりにお前は羽振りがいいな。高い酒をおごってくれるし」

「漁師には裏のバイトがあるんだよ」

そう言うと、O君は倉庫の前で立ち止まりました。

「裏のバイト？」

「さっきも言ったけど、あまり探らないでくれ。五十万という金額は肉体労働に対する対価というよりは、口止め料みたいなものなんだ」

O君は慣れた手つきで倉庫の鍵を開けると、僕を中に誘い込みました。部分的に照明を点けると、壁に掛けられている防寒具を着るように指図され、サイズの合わない生臭いそれを僕は言われるがまま着ました。

倉庫の中には更に扉があり、O君はさっきとは違う鍵でそこを開けるのでした。中からは白い冷気があふれ出し、足元が見えなくなるほどでした。

「冷凍庫？」

僕は腕を組み、背中を丸めました。

「ここは俺が個人的に借りている冷凍庫だ。この中にある箱を一緒に運び出してほしい」

僕は体を震わせながら中に入りました。中は僕の実家よりも広く、カチカチに凍った魚が入っていると思われる白い発泡スチロールが積み上げられていました。まさかこれを運ぶだけで五十万円もくれるわけがないよなと思いながら奥に進むと、O君は巨大な木の箱を引っ張り出してくるのでした。

「それを運べばいいの？」

僕は両手に息を吹きかけながら訊きました。

「これを船まで一緒に運んでほしい」

嫌な予感はだいぶ前からしていましたが、徐々に確信に変わっていきました。箱のサイズがそれを後押ししました。人間がすっぽりと入れるくらいのサイズなんです。

僕とO君はそれを二台の台車に乗せると、押しながら倉庫を出ました。誰ともすれ違うことなく港を移動すること五分位だったでしょうか、船の前に到着すると、O君が箱の前部、僕が後部を持ち上げて、船内に運び入れました。

「よし、出港するぞ」

O君は船のエンジンを入れました。

「酒気帯びとかないの？」

「構わないよ。飲まないとできない仕事だ」

町の灯が小さくなっていくのを船に揺られながら眺めていました。

O君が船を操縦する姿は非常に頼もしく、漁師になったんだなと改めて実感できたのですが、足元に置かれた箱が気になって仕方ありませんでした。

船が揺れる度に、箱の中に入っている凍った物体が「ゴツン」と側面に当たっているのが分かりました。

「箱の中に入ってるものが何なのか、何となく想像できるんだけど」

僕は口を開きました。

「……」

O君はまっすぐに黒い海を見つめていました。

「暴力団とかからの依頼？」

「想像にまかせるよ。依頼される漁師は口が堅いことが条件なんだ」

「もう俺にバレてんじゃん」

「お前は口が堅いだろ……それにこの仕事は一人でやりたくないんだよ。最初の頃は一人でやってたけど、夜の海をさ、箱を乗せながら走るのはすげー怖いんだよ」

「……やめればいいじゃん」

「一度引き受けたら最後なんだ。次から次に倉庫に運び込まれるようになってしまった。断れば死体遺棄の罪で密告されて俺は逮捕されてしまう。もう続けるしかないんだよ」

O君は涙声になっていました。


町の灯が全く見えない場所でO君は船を止め「着いたぞ」と暗い声を出しました。

夜の海は死体を乗せていなくても恐ろしい光景でした。月が異常なくらいに存在感を出して空に浮かび、月光が黒い海面に淡く揺れていました。

「箱から出すぞ」

O君は僕に手袋を渡しました。

「このまま捨てるんじゃないの?」

「それだと海に浮かぶだろ。中の死体は袋に入ってるから、そこからも出さないといけない」

「マジかよ……」

フタを開けると、半透明な死体袋に入れられたそれが姿を表しました。肌は青白く、目はカッと見開かれたままで、口は半開きでした。通常葬式などで見られる死体はエンバーミングされているため、眠っているみたいになっていますが、何も手を加えられていない死体は、最後の瞬間をそのまま形として残していました。

O君はジッパーをゆっくりと下げました。冷凍庫に入れられた際に付いていたと思われる霜が解けて、髪は濡れていました。

僕は足首、O君は腕を掴み、ゆっくりと運びました。手袋越しに冷たさが掌に伝わってきました。仰向けになった死体はまっすぐに夜空を見上げているのですが、突然眼球が動いて僕を睨みつけてくるのではないだろうかという想像が膨らんでしまうため、なるべく顔を見ないようにしました。

「せーの」で海の中にドボンです。口から気泡を出しながら死体は海の底に沈んでいきました。

「これを、一人でよくやってたな……」

僕は体中が震え、足から力が抜けていくのを感じていました。

「……いつまでこれを続けないといけないのか分からないんだぞ。もう地獄だよ」

僕は船の上で五十万円を手渡されました。一回捨てるごとに組織から百万円を貰えるみたいでした。O君はきれいに折半してくれたのです。

それからと言うもの、僕は仕事が休みの日に地元に帰るのを避けるようになり、数年間はO君と連絡すらとっていませんでした。

O君の名前を耳にしたのは、地元の友人から掛かってきた突然の電話でした。

「Oが死んだらしいぞ」という内容でした。

その友人によると、O君は父親の漁船に乗ることを止めて、まるで何かから逃げるかのように、知り合いのマグロ漁船に乗るようになっていたそうです。遠洋漁業です。一度海に出てしまえば、一年以上帰ってこれないこともザラにあるそうです。

聞くところによると、O君はインド洋の洋上で漁をしている最中に突然叫び出したかと思うと、口から泡を出しながら死んでしまったそうです。

年々漁獲量が減っているマグロ漁船の船長は日本に引き返さず、そのまま漁を続行しました。

O君の遺体は腐らないようにするために、ビニル袋の中に入れられて、マグロと一緒に船の中にある冷凍庫の中に押し込まれたそうです。

遺体が家に戻ったのは、死んでから数ヶ月経ってからでした。

夜歩く蜘蛛

来栖らいか

俺の母さんは、片付けができない。

正確には、ある日突然、できなくなった。

父さんが家に帰ってこなくなり、心が壊れてしまったから。

朝、目が覚めると俺は自室の天井に渡した二本のロープから、乾いていそうなシャツを引きずり下ろして匂いを嗅ぐ。

ドアを閉め切っていても、家中に充満した腐臭は防げない。室内干しばかりで、柔軟剤の香りも役に立たなくなったカビ臭いYシャツ。

金は掛かるけど、今日は近所のコインランドリーを利用しよう……。

高校に入ってから、中学の時のように「クサイ」「汚物」「ゲロ」と言われなくなった。

それでも油断は禁物だ、匂いや身だしなみには気を付けなくては。

部屋を出ると待ちかまえていた四匹の猫が、朝飯をねだりに擦り寄ってきた。

母さんが、どこからか拾ってきた七匹の猫。

残りの三匹は、どこにいるのか姿が見えなかった。

積み上げられた生ゴミの袋と、コンビニ弁当の空き容器が散乱するリビングを覗くと、母さんはテレビに向かってブツブツ何か話しかけている。相手は早朝の通販番組で、美容家電を紹介している司会者だった。

昨日とは、違う服を着ている。昨夜は正気に戻って、風呂に入ったのかな？

「猫たちが朝飯だってさ、俺は学校行くから」

テレビに表示されている時間は、午前五時三十分。

学校に行く前に二十四時間営業のネットカフェでシャワーを浴び、朝食を取ってから勉強もできる。金が無いと自宅で洗濯をするけれど、母さんが自殺未遂を起こした風呂には入りたくなかった。

「サイフに金入れておくから。ちゃんとご飯食べてよ？」

俺の言葉に母さんは振り向きもせず、「車に気を付けてね」と答えた。

昨日の夜、玄関ドア内側にあるポストに父さんから、生活費が投函されていた。

全部を母さんに渡すと、その日のうちにパチンコや買い物で使い切ってしまうので今は俺が管理している。

オール電化のおかげで、母さんがあの状態でも火事の心配はないと思う。それでも帰宅するまでは、気が気ではなかった。


普段の母さんは無気力な状態で正気を保っているけど、急にパニックを起こして叫び続けたり泣き続けたりする。部屋の様子が変わると症状が起きやすいから俺はゴミ袋一つ捨てることができない。

今は十二月、エアコンの暖房設定は母さんが寒がらない程度の十八度にしておいた。あまり暖かくすると生ゴミが腐って耐えられない匂いを発するからだ。

まだ明かりの灯るマンション一階のエントランスに出て、四十五個並んだ宅配ボックスから『三〇一号　久滋』のダイヤルキーを開ける。

匂いが染みつくのを避けるため、この場所に学生鞄や制服などの学用品を保管していた。

必要なものを取り出し扉を閉めようとしたとき、中から大きな蜘蛛が這い出してきた。

胴部分だけで二センチはあるだろう、足が長くて黒い蜘蛛だ。腹の部分に、茶色い奇妙な模様がある。

「エドヴァルド・ムンクの『叫び』みたいだな」

歪んだ人の顔に似た模様を興味深く見ていると、蜘蛛は宅配ボックスを這い上り裏側に姿を消した。

そういえば管理人が手を抜いているのか、非常階段や通路の落下防止手すりに最近蜘蛛の巣が多い気がする。改めて宅配ボックスの中を確認すると、隅に小さな白い塊があった。タマゴだろうか？

制服に蜘蛛の巣や汚れがないのを確かめ白い塊をポケットティッシュで拭う。朝から嫌な気分だ。ムカムカする。

「朝の蜘蛛は、縁起が良いって言うし……見逃してやるか。夜見つけたら、叩き潰してやるけどな」

見逃した不覚を言い訳するように呟き、俺はマンションの外に出た。

太陽が昇る直前の外気は、露出した頬に刺さる冷たさだった。

眼を守るため生暖かな涙が滲む。

駐車場を横切りながら手袋の手で目蓋をこすり、ぼやけた視界で空を見上げた。

薄らぎつつある闇に、取り残された白い月。冴え冴えとした輝きも日が昇れば褪せて白いシミになる。

月から下に視線をずらすと、俺の家のベランダに何羽かの鳩が群がっていた。母さんが与える餌が目当てだ。腐った鳩の食べ残しと、石灰のように固まった糞。鳩は真上の部屋にも飛来し住人を悩ませているだろう。

だけど四階に住むその家族は、鳩の糞が匂うベランダに洗濯が干せなくても、不衛生な俺の家から配水管伝いにゴキブリが上ってきても、苦情は言わない。

たぶん、言えない。

俺の父さんが今、その部屋に住んでいるから。

それも、俺の同級生の母親と一緒に。

＊

人と話すのは苦手だ。

だから俺は、始業時間ギリギリに教室に入るようにしていた。

親しさが増すにつれ、根掘り葉掘りプライベートを探りたがる他人。中学校までは近所の親同士の関係が親密で、俺のプライベートなんか無いも同じだった。

いつから親と風呂に入らなくなった、部屋にエロ本があった、好きな子は誰らしい、ヒゲが生え始めたのは何歳だ、下着のブランドはどこでボクサーパンツかトランクスか……。主に母親同士で取り沙汰される、子供のプライバシー。

当然父さんの浮気も、マンション中が知っていた。

「おはよう、拓馬くん」

始業ベルが鳴る寸前、自分の席に滑り込んだ俺に斜め後ろの席から声が掛けられた。

クラスメイトの近堂涼香だ。

俺は涼香の顔を見ないように、肩越しに軽く会釈をした。

迷惑なんだ、声を掛けないで欲しいんだ。ほっといてくれよ、おまえの所為《せい》じゃないんだし、責任感じてるような素振りがウザいんだ。当然ながら頭の中で叫ぶ言葉など聞こえるはずもなく、涼香はいつものように少し首を傾け、寂しそうな顔を俺に向けているに違いなかった。

一年前まで、俺が好きだった仕草。ショートボブの髪が顔にかかり、綺麗に弧を描いた眉の下で伏せ気味の目元に際立つ長い睫毛。細い鼻筋に続く小さめの口元を微かに開いて、細く溜息を吐く表情は誰もに罪悪感を抱かせる。

近堂涼香は俺が小学校四年生の時、真上の部屋に越してきた。引っ越しの挨拶に来たのは涼香のお母さんで、俺の母さんより少し若く見える綺麗だけれどキツそうな人だった。

驚いた事に涼香のお母さんは、初対面でいきなり「自分は看護師で、月収は四十万円以上ある」「仕事に理解のない夫とは、二年前に離婚した」「このマンションのローンは別れた夫が払っているが、ろくな慰謝料を払わない男だから当然だ」「育児と仕事で忙しくて、寝る暇もない」等々、玄関先で家庭環境を語り始めたのだ。話を最後まで聞いた人の良い母さんは、同情して「困ったことがあったら、何でも力になりますよ」と言ってしまった。

その言葉が、どんな結果を招くか知らずに……。


翌日から俺の家に遊びに来るようになった涼香は、母親が帰宅するまで我が家にいることが多くなった。看護師という仕事柄、涼香の母親が夜勤の時など気の毒がって泊めてしまう。父さんは何も言わなかったけど、同じマンションの住人が、「上手く利用されている」と母さんを噂していることくらい俺も知っていた。

涼香は母親と違い、おっとりとした優しい女の子で、スポーツや外遊びよりゲームや模型作りが好きな俺にとって丁度良い遊び相手になった。臆病なくせに自尊心だけ高い俺は、涼香に対してだけは強者でいられたのだ。

礼儀正しく控えめで、母さんや父さんに気に入られていた事。俺の言いなりになって、逆らわなかったこと。全ては子供心に母親の身勝手さを見抜き、庇護してくれる大人を得ようとする本能だったのだろう。

涼香が俺の家で夕飯を食べているとき、俺の父さんは涼香の母親と真上の部屋にいた。密会はどうやら小学校六年の頃に始まったらしく、中学二年の時に近堂家を監視していたお節介な御婦人が母さんに進言してくれた。善意を表に振りかざし、裏で醜聞を期待しながら。

でも母さんは、父さんに何も言わなかった。

家事を放棄し、不満を口にする父さんを厳しい顔つきで睨んだ。無言の抗議に、父さんは一時期浮気をやめようとしたらしい。でも仕事で帰宅が深夜になろうと起きて待ち、無言で精神的に追い詰める母さんにとうとう体調を崩してしまったのだ。数日間、病院で過ごした後、父さんが帰ったのは四階の近堂家だった。

中学生になって、涼香とは遊ばなくなった。もう大人の庇護を必要とせずに、親が何をしようと自分の中で諦めるしかない年齢だ。衝撃的な事実だったけど、現実と受け止め自分のことを考えるしかない。それは涼香にとっても同じ事だ。

なのになぜ、今更俺に気を遣うんだろう？

涼香は俺に、「娘を浮気相手の妻に預け、外で密会していた母親を軽蔑する」と言った。「収入のことでバカにされ、父は怒って離婚した。私は母を許さない」とも。母親に対する気持ちを俺に話し、「ごめんなさい」と謝った。

毎日のように「おばさん、どうしてる？」と、涼香が聞く。俺は「別に」と答える。

もしかして涼香は、俺への好意から気遣っているのだろうか？　だとしたら、笑える話だ。

俺の中で許せないのは父さんだ。とはいえ常軌を逸脱した母さんの抗議も不気味で、多少は同情の余地もある。言ってしまえば、涼香の母親や涼香のことなど、どうでも良かった。

涼香は俺にとって、憂さ晴らしのオモチャと同じだった。可愛くて従順な人形だ。優しくしてみたり、虐めてみたりすると反応が返るリアルな生き人形。

人形に、同情などされたくない。

自尊心から涼香を否定しているのか、本心でそう思っているのか、俺にもよく解らなかった。どうでも良いはずの涼香を、煩わしく感じる本当の理由は何だろう……。

昼間の月と同じく目立たない存在を自分に課している俺は、終業ベルが鳴った直後の一番騒がしい時間にそっと教室を出た。

遅い帰宅を正当化するため、学校が終わると二十時まで郵便局でアルバイトをした。この時期、学校が推奨する年賀状の仕分けだ。時間をもてあまし繁華街をうろついて補導され、親が呼び出されるリスクは冒したくないのだ。父さんのくれる生活費から、小遣いはもらっていたがお金は多い方がいい。

アルバイトが終ってからファミリーレストランで夕飯を済ませ帰宅すると、二十二時を回っていた。ドアに鍵はかかっていたが、以前、動けない状態の母さんに閉め出されてからチェーンロックは取り除いてある。

「ただいま、母さん」

テレビの音にリビングを覗いて見ると、母さんは居なかった。まさか風呂場で倒れていたり、寝室で首を吊ったりしていないだろうか。心配になり探したが、キッチンのゴミの間にも、トイレにも、風呂場にも、使わなくなった夫婦の寝室にも居ない。俺の部屋とベランダ、念のためベランダの下も確認した。

母さんの鍵は、財布と一緒にリビングのチェスト上に置いてある。いったい、何処へ行ったのだろう?

父さんの携帯にメールを打ち、一度脱いだコートをはおると、俺は母さんを探しに外に出た。

＊

階上からの足音が、椅子を引く音が、風呂場から聞こえる排水の音が、母さんの心を壊していった。気を紛らわせるためか、ベランダに来るカラスや雀や鳩に餌をやり公園から野良猫を何匹もつれてくるようになった。家事を放棄し、ゴミ溜めに埋もれて一日中丸くなっていた母さん。

母さんがいなくなって、三日経った。

当日は父さんと明け方まで思いつく場所を探し、翌日は連絡待ちで父さんが会社を休み俺は学校へ行った。そして今日、警察に捜索願を出してきた。

警察に届けを出しても、近隣の警察署に通達するくらいかも知れない。自殺の可能性を伝えると少しは真面目に探してくれるらしいが、身元不明死体に照らし合わせるだけだろう。帰ってきたら母さんを病院に入れるつもりで、父さんは部屋を片付け始めた。

ゴミ袋が捨てられたリビングが、やけに広く感じられる。染みついた匂いは取れないから、年明けにリフォームを入れるらしい。母さんの痕跡が、消されていくと思った。

今日はバイト帰りにコンビニで弁当を買い、たった一人で食べた。頭は妙に冴えていて、今後の生活がどうなるか何通りもシミュレーションしている。母さんのいない寂しさは感じなかった、でも胸の奥に、鉛のような塊が沈んでいた。

どろどろとして腐臭を放つ、下水の底に滞積した汚泥。恨み辛み、怒り、憎しみ、不安、少しばかりの悲しさ。複雑に混ざり合った感情の、どれが本当の気持ちか解らない。泣きたいような、叫びだしたいような気もした。だけど声も、涙も出なかった。

空になった弁当をシンクで洗い、プラゴミ用のゴミ箱に入れようと蓋を開けたときだった。中から大きな蜘蛛が、俺の顔めがけて飛び出してきた。

「っつ、いてっ！」

蜘蛛は払いのけようとした右腕に乗り、手首近くを咬んだ。慌てて左手で叩き落とすと、モソモソとレンジ台の影に隠れようとしている。以前、宅配ボックスで見たヤツと同じ種だった。

「朝蜘蛛は仇でも逃がせ、夜蜘蛛は親でも殺せ……ってな」

幼稚園の頃、公園でツチグモに石を投げて殺した。それを見ていた知らない婆さんが、「朝蜘蛛は仇でも逃がせ、夜蜘蛛は親でも殺せというが、やたらに殺すもんじゃない」と呟いた。「親でも殺せ」が衝撃的で、ずっと頭に残っていた言葉。後に「朝は来客の知らせや吉兆、夜は地獄の使いとも盗人が入る知らせ」という意味の諺《ことわざ》だと知った。

レンジ台を足で蹴り、壁との隙間を塞いだ。紛れ込もうとした闇を失い、蜘蛛は壁伝いに這い上り冷蔵庫の後ろに逃げ込もうとする。逃さず俺はシンク脇の包丁立てから果物ナイフを引き出し、その腹に突き立てた。クリーム色をした細いストライプ柄の壁紙に、体液が飛び散る。腹から分断された蜘蛛は床に落ち、八本の足をバタつかせた。

「死ね、死ね、死ねっ……！」

スリッパで踏みつけ、すり潰す。スリッパの底を通して、ざらっとした感触が足の裏に伝わった。

蜘蛛は跡形もなく、ぐちゃぐちゃになった。フローリングの床に擦り付けられた、黒と茶色っぽい赤と少しの黄色。蜘蛛を潰しながら昂ぶった感情を収めるため、俺は床のシミを見下ろしてゆっくりと息を吐く。どうやら正体のわからない感情を、自分は何かにぶつけたかったらしい。冷静になって床を掃除していると、蜘蛛に咬まれた場所がチクリと痛んだ。

二つの小さな赤い点。

蜘蛛が咬むとは知らなかったけど、毒蜘蛛だったら困る。急いでシンクの流水で洗い、消毒薬を塗った。病院に行くべきか悩んだが、時間はもう深夜零時近い。そろそろ父さんも帰ってくるだろうし、具合が悪くなったら救急車を呼べばいいだろう。いざとなれば……と考えて、俺は苦笑した。

看護師である涼香の母親を頼ろうとするなんて、都合のいい話だ。人間というものは、身勝手な生き物だと思う。俺は自分を軽蔑した。そうだ、死んでもあの女には頼らない。その時、どうでも良いと思っていた気持ちが、不確かな感情が、形になった。

俺は父さんを、涼香の母親を、俺に哀れみの目を向ける涼香を、殺してやりたいほど憎んでいる。

＊

変化はゆっくりと現れた。

俺はそれを、恐怖するどころか喜び、歓迎した。

＊

蜘蛛に咬まれた箇所は、しばらく赤く腫れて固くなっていた。赤みは一週間ほどで引いたが、その頃から両耳の耳下腺あたりに違和感を感じ始め、触ると小さな痼《しこ》りが見つかった。やはり何らかの毒が、リンパ腺に痼りを作ったのだろう。気にはなったが、体調は変わらなかったので放っておいた。

ここ二、三日、昼間は猛烈な眠気に襲われ、夜になると身体が軽くなり目が冴えた。夜目が利くようになり、煩わしく感じるほど耳が良く聞こえる。数メートル離れた先で交わされる小声の噂話さえ、はっきりと内容が解った。

「久滋さんの奥さん、まだ見つからないそうねぇ……もう二週間くらい？」

「そうそう、あの家も大変よ。拓馬君が可哀想……」

バイトの帰り、夜のゴミ集積所で交わされるマンション住人の会話に心の中で舌打ちした。ゴミは朝出すようにと、管理人に言われているだろう？

誰かと一緒になるのが嫌で、非常階段から三階に上った。各階の踊り場の隅に、フェンスの間に、蜘蛛の巣があってイライラする。管理人の職務怠慢だ。

家の前まで来ると、玄関のドアノブに何かが掛かっていた。白い雪の結晶が散りばめられた、コバルトブルーの紙袋だ。忘れていたが、今日はクリスマスイブだった。家に持ち込んで良いものか解らず、訝しみながら中を覗くと小さなパッケージとクリスマスカードが入っていた。

『メリークリスマス@ＳＵＺＵＫＡ』

無神経な女だと思った。こんな事をされて、俺が喜ぶとでも思ったのか？　涼香の母親が父さんを奪ったから、母さんは精神を病み行方不明になった。親と関係ない顔をして、俺に同情するつもりか？　フザケヤガッテ……！

ハサミで切り刻み、教室の涼香のロッカーに押し込んでやろうと思ったが、あいにく今日が終業式だった。新学期まで取っておくのも、間が抜けている。初めに感じた怒りが収まり冷静になると、袋の中身が気になった。パッケージのリボンを取り、包みを開ける。中身は暖かそうな手袋だった。

妙な気分だった。

涼香と、その母親に対する憎悪は変わらない。だけど何か、正体のわからない焦燥感に胸が焼かれた。イライラする。

俺は手袋をゴミ箱に投げ入れ、風呂に入って気分を切り替えることにした。帰宅して誰もいない部屋は、寒々しかった。何もできない母さんでも、ゴミだらけの部屋でも、以前のほうが良かったのだろうか？

たっぷりのお湯に身体を沈め、俺は考える。過去を考えても仕方ない、未来に期待は無意味だ。現実を見て、自分の選択を信じるしかないじゃないか。

身体を洗いながら、妙なことに気が付いた。体毛が少し、濃くなっている。脇の下、陰部、腕と脛、胸毛らしきものまである。気になっていた耳下腺の痼りを触ると、細長くなって首に二本の針金を通したようだ。さらに鏡を覗き込んで驚いた。昼間に見る自分と、違う自分がそこにいたからだ。


いつも父さんは、俺の顔には精気がないと言っていた。だがどうだろう？　今鏡の中に映る俺の顔は、生命力にあふれている。瞳の中に力強い光が宿り、落ち窪んで隈ができやすい眼窩が張りがあり血色が良くなっていた。首は太くなり、少し強く出た頬骨のせいで、口の端が吊り上がっている。それはまるで、自信に満ちた笑みを浮かべているようだった。もみあげから顎に掛けて、濃く髭が生えていた。色白で体毛が薄かった俺が突然、野性的で精悍な顔つきになるなんて……どういうことだ？　額にはニキビのような赤い出来物が、上に四つ下に二つ等間隔で並んでいる。触ってみたが痛みも何もない。出来物に気を付けながらいつもより丁寧にカミソリをあて、風呂から出た。

洗面台の鏡で改めて身体を見ると、全身が引き締まり、脇腹のたるみが無くなっていた。細いが、無駄のない筋肉。ギリギリまで体脂肪を絞り上げた、ボクサーのようだ。俺が俺じゃない、格好いい身体だった。

興奮を抑えきれず、俺は裸のままリビングに向かった。理由なんかどうでもいい、そうだ今の姿が現実だ、俺は変わったんだ。急な渇きを覚えて冷蔵庫から牛乳パックを出し、直接口をつけて飲んだ。一リットルパックを飲み干したが、渇きは収まらない。買い置きの、二リッターペットボトルにまた直接口をつける。

「がっ、ふっ！　ゲボッ！」

持ちにくい二リッターボトルが口から外れ、イオン飲料が鼻に流れ込んだ。むせて咳き込み、飲み込んだ分が逆流する。口に手を当て抑えようとしたが無駄だった。吐き出した飲み物が、びしゃびしゃと音をたて床にちらばった。

途端に高揚感が冷めた俺は、脱衣所に戻って服を着るとタオルで床を拭き始めた。馬鹿みたいに調子に乗りすぎだ、少し冷静になれと自分に言い聞かせる。錯覚かと思い腕や胸を触ってみたが、確かに固い筋肉の手応えがある。床を掃除したら、もう一度鏡で見てみよう。

「何だ？　おかしいな」

タオルが、貼り付いたように動かない。床に広がったイオン飲料が白濁しているのは、先に牛乳を飲んだ為かもしれない。だけど妙に、粘ついていた。ひとさし指ですくって親指をくっつけ、粘りを引き延ばしてみた。すると粘度の高い糊のように、糸を引く。

再び耐え難いほどの渇きを感じて、シンクに走った。コップに水を注ぎ飲み干したが、痰が絡んでいる感覚があり嘔吐いてしまった。大量にシンクに吐き出されたものは、痰ではなく白濁したゼリー状のものだ。指で突いてみると、やはり強い粘りけがあり糸になった。喉の痼りが、うずいた。原因は、これなのか？

「ミャアゥ……ウゥ」

背後にかぼそい猫の鳴き声を聞き振り向くと、一匹の猫が床にこぼれた飲み物に足を取られている。母さんが拾ってきた猫は、七匹のうち六匹を父さんが捨てに行った。保健所で処分したのか、河に捨てたのかは解らない。しかし一番小さくて後ろ足が少し不自由なこの猫は、母さんが可愛がっていたし俺によく懐いていたから残したのだ。白い身体に薄茶の斑がある、可愛い猫だった。

「馬鹿だな、俺が吐き出したものを舐めようとしたのか？　腹が減ってるなら猫缶開けてやるよ」

優しく声を掛け、助けてやるつもりで猫を抱き上げた。しかし次に俺が取った行動は、自分でも信じられないものだった。

左手で細い首を締め上げ、右手で小さな頭をひねった。そして柔らかな腹に、噛みついたのだ。俺はいったい、何をしている？

生温かな液体が喉に流れ込むと同時に、渇きが満たされ悦びに全身が震えた。足をヒクヒクと震わせていた猫は、すぐに動かなくなった。体液と、内臓と、肉が口腔内で溶解され、俺の一部になっていく。身体中にどくどくと血が駆けめぐり、活力がみなぎる。手の中に残されたのは、干涸らびて骨と皮だけになった骸《むくろ》。

呆然とした。

俺は人外の者に変化したのか、いったい何になったんだ？　思い当たることなど……。

「蜘蛛……」

一週間前、蜘蛛に咬まれた。蜘蛛の毒が、作用したのだろうか？

映画の『スパイダーマン』は蜘蛛に咬まれて変身し、ヒーローになった。身体能力が高くなり、外見は変わらない。ところが俺の場合は、むしろ『蝿男の恐怖』に近い状況だ。旧作も、『フライ』のタイトルでリメイクされた作品も観たことがある。モンスターと化した融合人間、餓えと渇きを満たすため獲物を探し、変身が進んでいずれ外見も中身も人でなくなる。

状況に流されているだけの俺は、自らの変化を望んでいたのかも知れない。なぜなら五感の全てが、体内を巡る血が、メタモルフォーゼの悦びに満たされていたからだ。

これからは、夜が俺の世界になる。暗闇で精彩な輝きを放つ月のように、俺が俺らしく生きられる場所がようやくできたのだ。闇を支配し、獲物を捕らえ、体液を啜る……考えるだけでエクスタシーに達しそうだった。どこに罠を張り、まず誰を獲物にしよう？　もしかして、仲間を増やすことができるのだろうか？

その時初めて、俺はある事実に気が付いた。

「夜蜘蛛は親でも殺せ……」

俺が包丁を突き立て、スリッパでグチャグチャに踏みつぶした蜘蛛。あれは、母さん？

「嘘……だ。そんなこと、まさか、でも……」

今の俺には、間違いないと確信できた。あの蜘蛛は母さんだ、俺が母さんを殺した。

「母さん……」

父さんに裏切られ、息子に踏みつぶされた可哀想な母さん。蜘蛛が母さんだと知っていれば、一緒に別の生き方ができたかもしれないのに。

哀れな母さんを勇気づけて、別の生き方を勧めようと思ったんだ。でも俺は否定されるのが嫌で、言い出せなかった。無関心を装って、状況を変える努力から逃げていた。自虐的な態度は、自分を守り誰も寄せ付けないためのパフォーマンスだった。

自分を変える事など、恐くてできなかった。行動する以前に諦め、一歩が踏み出せなかったんだ。

「ごめん母さん、ごめんなさい母さん……」

ようやく俺は、母さんのために涙を流した。

＊

最初の獲物は、涼香に決めた。

別の自分になって、欲しいものを欲しいと思えるようになった。以前の俺とは違う、もう「でも、だって、だけど」と言い訳をしない。

今の俺が本当に欲しいもの、それは涼香だった。

涼香が欲しい。あの白い肌を、柔らかそうな胸を、艶やかな髪を、桜色の唇を自分のものにしたかった。罠を仕掛け、糸に絡めよう。蜘蛛の巣に掛かった、美しい蝶のように。

逆らわないのを良いことに、俺は涼香を支配しているつもりだった。だけど学年が上がるにつれて綺麗になり、友達の増えた涼香が本当は俺を馬鹿にしていると思うようになった。父さんの浮気が解ってから、なおさらだ。

勉強やスポーツで目立つことなく、外見もごく平凡な俺にくらべて、成績も良く物静かで誰にでも優しく人目を引くほどの美人。いやがうえにもコンプレックスを刺激するのに、涼香は腰巾着のように俺にくっつき言いなりになっていた。キツイ言葉で邪険にすれば、クラスで悪く思われるのは俺の方だ。浮気の件で距離を置くようになった途端、当然のように涼香のまわりに男子が群がった。彼等が俺をどう評価していたか、聞くまでもない。俺へのイジメは、一部の男子による涼香へのアピールだった。

うっすらと血管が透けた涼香の細いうなじに噛みつき、体中の組織を喰らい尽くそうか？　それとも仲間にして、犯してやろうか？　どちらも甘美な誘惑だ、捨てがたい。

呼び出すことは簡単だ、ドアノブに掛かっていたプレゼントのお礼がしたいと言えば必ず来る。好意からであろうと憐憫からであろうと、この際どっちでも良かった。

クリスマスの翌日、朝早くから俺は非常階段を上り下りして、罠を掛けるのに適した場所を探した。一階の階段裏倉庫に見当をつけたが、以前ホームレスが住み着いたというので頑丈な閂《かんぬき》が掛かっている。他に思いつく場所と言えば、屋上に通じる六階の踊り場だった。夏に行われる市の花火大会時だけ、人が上がってくる場所だ。俺の家族が入居してすぐに飛び降り自殺があり、気味悪がられている場所だが数年前に引っ越してきた涼香は知らないはずだった。屋上の鍵は確か壊れていて、ドアノブに針金が巻いてあるだけだ。

階段を上る途中、四階の通路で三人のおばさんが立ち話をしていた。四階は涼香の家がある、近所でどんな噂をされているか少し興味があり、俺は隠れて聞き耳を立てた。

「このマンション、年明けに外装工事ですって？　築十二年になるから仕方ないけど、一ヶ月くらい洗濯が外に干せなくなるわねぇ。それで年内、清掃業者が入るらしいけどありがたいわぁ……最近蜘蛛の巣が多いから、気持ち悪くて」

「そうそう、うちの子の友達が遊びに来たとき、このマンションは蜘蛛屋敷だって言ったのよ。幼稚園児も年長になると、生意気なこと言うから嫌になるわ。ところで駐車場に止まってる車、清掃業者の車じゃない？　下見かしら？」

「害虫駆除が、先なんだって。マンションにもシロアリは出るらしいわよ？　下水も点検して、ゴキブリとか根絶やしにするみたいね」


害虫駆除か……農家では益虫とされる蜘蛛も、都会のマンションでは害虫なんだな。いつまで人の姿でいるか解らないけど、蜘蛛になったらひっそりと夜徘徊し、他人の生き方を観察するのも悪くない。それにしても蜘蛛屋敷とは、よく言ったものだ。このマンションの蜘蛛は、どれもかつて人だったのかもしれない。俺のように変わりつつある人間が、他にもいるのかも知れない。

「そういえば、昨日また警察が来てたみたいね？　最近多いのよ、自殺とか行方不明が……」

噂話に見切りをつけ、俺は階段を上った。自殺者も行方不明者も、おそらくメタモルフォーゼに適応できない人間の末路だ。俺は違う、新しい生き方を受け入れられる。

額の出来物は、どうやら眼のようだ。眼としての機能より、感覚を研ぎ澄ます役に立っているようだった。精悍な顔つきも、夜に限定される。昼間は精彩のない、いつもの俺でいることが都合良かった。

六階の踊り場に着くと、屋上へのドアに巻き付けられた針金を外し開け放つ。そして吐き出した粘液で、足下に二十センチ高さの糸を張った。昨日は一日かけて、糸を吐くコツを掴んだ。おかげで今は、ナイロン糸ほどの糸を細く吐き出すことができるようになった。

罠を仕掛け終わると、俺は携帯を取りだし涼香に電話を掛ける。

「あの、涼香？　拓馬だけど……クリスマスプレゼントありがとう。でさ、ちょっと話したいことあるんだ。うん、いやべつに、どうって事ないんだけど……その、今までのことで謝りたいことがあって。気にしないって言われてもさ……ちょっと会いたいんだよ。今から六階の踊り場まで来れるかな？　ああ、待ってる……」

会いたいと言ったとき、涼香は弾むような声で「ホント？」と聞き返した。馬鹿だな、涼香。おまえは昔から馬鹿で、素直で、お人好しだった。だからウザくて、たまらなかった。

俺は姑息で、自己保身しか考えない人間だ。無償で善意を振りまく人間なんか、信じない。だけど涼香は……。

涼香の好意に、気が付いていた。だけど認める事ができなかった。涼香を支配しているつもりで、自分に自信がなかった俺はいつも負け犬だった。

ねずみ色の空から、白い花びらが舞い落ちてきた。昼過ぎに雪になるという天気予報が、珍しく的中したらしい。屋上のコンクリートがうっすら雪化粧を始めた頃、六階のエレベーターがチンと鳴って止まった。屋上への階段を、ゆっくり上る靴音が響いた。

俺は罠をまたいで屋上に出ると、涼香が姿を現すのを両手を広げて待ち受けた。

だが現れた人物は、涼香ではなかった……。

ブルーシェル

空大暉

　やっと登山道から抜け出して、ほっと気を許したところで、突然目の前に現れたその生き物に里奈達は一瞬立ち尽くしてしまった。

　〝それ〟は小型の小動物で、全身ぬめりを帯びた白い皮膚をしており、まるでたった今生きたまま、皮をはぎ取られたかのようだ。

　夕方の光を反射した目がグレーの光を放っている。四本足で身をかがめた姿は、猫のようにも見えるが、何より不気味だ。

　まさにそういう生き物を探しにここにやって来て、いつでも撮影する心構えはできていたはずだった。

　ここに来る前に三国が言っていた未確認生物――ＵＭＡなど、存在さえ疑わしいし、仮にいてもめったに撮影できるようなものではない。

　そういう気持ちは確かにあったが……。

「出た出た、いたよっ」

そう言ってビデオカメラを構えた三国の行動で、皆我に返った。里奈と香織は〝それ〟を刺激しないようにゆっくりと道幅に広がってiPhoneで撮影し始めた。

〝それ〟との距離は約十メートル。こちらをじっと見つめるようにして動かない。

「やだ、気持ち悪い」

撮影中にもかかわらず千恵が声を上げる。

「ちょっと無理無理」

なおも声を出しつつ後ずさる千恵を誰もたしなめないのは、知恵の意見に同意という事だろう。

三国がゆっくりと近づくと、警戒したのか「ジュュッ」という威嚇の声を発し、何かを吐き出した。濃い緑色の液体が三国の二メートル手前まで飛んだ。

「三国、近過ぎるよ」

さすがに和也が声を出してたしなめたが、三国は興奮して聞いていないようだった。脂肪太りした体でさらに一歩近づく。

(まさか捕まえようとしている?)

「三国君、やめなよ」

「危ないよ」

里奈と香織も堪えきれずに同時に声を出した。

「それ、病気の猫だよ。触らないで！」

叫ぶと同時に千恵が拾った枯れ枝を投げつけた為、〝それ〟は森の中へ逃げて行った。

「何だ、あれ！」

声を出したのは三国だったか、〝それ〟は足で走るというより体で泳ぐように見えたからだ。


バンガローは、遭遇現場の目と鼻の先だった。

元々はキャンプ場だったが、七年前に長野県北西部に発生した地すべりで道路が遮断され、今では車を止められる場所から一時間以上山道を歩かなければならない。

実質廃業されていたのだが、日頃から他人の事情など気にもかけない三国が知人のつてを頼って、オーナーから鍵を借りてきたのだ。

当初八棟あったというバンガローは今確認できるのは三棟で、内一棟は半分土に埋まっている。窓は全て外側から板を打ち付けてあり、入り口にはドアの鍵の他に、外壁とドア自体に鉄の棒が串通ししてあり南京錠でロックされている。

「暗いけど、中は思ったほど悪くないな」

鍵を開けて一番乗りした三国が言った通り、床のフローリングは朽ちてはいなかった。ガス・水道・電気は使えなかったが、意外と清潔に使えるレベルであることを確認すると、男子を一号棟、女子を二号棟に割り振り、それぞれ簡単に掃除を済ませた。

「皆、荷ほどきしたらミーティングしましょう」

高田芳治の声は大きくはない。注意していなければ、気が付かないことの方が多いくらいだ。

小柄でストレートのおかっぱ頭、かつ普段の服装も地味だ。

今日も八月の登山でメンバー達がスポーティなTシャツ姿なのに対して、十年前の教科書に載っているような地味な長袖の登山シャツを着ている。

自作動画好きで、芳治が個人的に開いていた動画サイトに集まってきたのが今のサークルのメンバー達である。自然と芳治は動画投稿サークルの部長という事になっている。

「女子の方も使えるみたい。和也君ランプ取り付けお願い」

一号棟の玄関にやって来た水野香織のよく通る声で芳治のつぶやきはかき消された。

ロングヘアーに細身で身長も高い香織は、後ろから見ればモデルのようだ。

「ごめん、芳治。後でミーティングね。ＯＫ！」

香織はよく芳治をサポートしている。二人は付き合っているという噂はあるが、芳治の性格を考えると真偽は不明だ。

「了解！」

元木和也は渋めのバリトンで返すと、ランプの燃料である白灯油の缶を持って香織に続いた。

長身の香織よりもさらに頭一つ大きく、和也と香織が並ぶと美男美女のカップルに見える。

「里奈、和也君連れてきたよー」

「ちょっとー、香織！」

二号棟に入りながら、付き合って間もない一つ年下の二人を香織がちゃかすと、水元里奈もタイミングよく返してきた。

気取らない性格の香織は自分のことを呼び捨てにさせているのだ。

里奈は入ってきた和也と瞬間目を合わせて軽く頷く。

和也はそこから続く女子の会話には加わらず黙々と作業をこなす。ランプを取り付けする間に、女子の状況はなんとなくわかってきた。

今回唯一動画サークル員ではない森田千恵は里奈の友人として参加している。猫好きの千恵はさっきのひどい状態の生き物を見てショックを受けているようだった。

「もっとかわいい動物を撮るんだと思ってたのに。あれをＵＭＡだとか言って捕まえようとしてるあの人おかしいんじゃない？」

「千恵ちゃんごめんね。あれは予想外だったよ。でも、本当に猫だった？」

里奈の声は、どんなことを話していても人を元気にさせてくれるところが和也は気に入っている。聞いていて気持ちがいい。

「猫よ。後ろ脚のところにまだ毛が残ってたもの。家の三毛と同じだから間違いない」

「よく見てたね、私、あの時緊張してよく覚えてないや」

「家で猫を飼っている人はすぐわかるよ。でも、あんなひどい状態の猫は初めて見た」

「そうなんだ。三国信じるかなぁ。ＵＭＡだと興奮してたし、意外と頑固だからなぁ」

里奈はあえて呼び捨てにして千恵の気持ちを汲んでいるようだ。

「もう、あの人嫌い。何か調子いいしさっ」

お調子者は女子受けが悪いらしい。

香織の呼びかけで一号棟に集合したメンバーは、車座になって床に座っている。

「じゃあ今の段取りで、日が暮れるまでに夜間用定点カメラを仕掛けましょう」

芳治の声も締め切った室内ではよく聞こえる。

「森の中の獣道に仕掛ける予定でしたが、さっきの〝アレ〟の例だと、一つはこのバンガロー付近を広角に狙った方がいいと思います。あれがＵＭＡかどうかは、まだはっきりしないですけど」

「ＵＭＡだろっ、あの逃げ方は見たことない。捕まえれば証明できたのに惜しいことしたよ」

三国の嫌味のこもった物言いに千恵も黙ってない。

「だからあれは猫だって。あんなの触ってあんた病気になりたいわけ？」

さっきの遭遇以来何度も繰り返す二人の会話をスルーするように皆立ち上がる。

「じゃ、付けてくるね。悪いけど飯よろしく」

ドアを出ていきながら和也が声をかけると、里奈と香織が頷いた。

定点カメラは二号棟の玄関脇から、遭遇地点の方向を撮影するように一台設置する。これは和也が担当した。このカメラには無線機能が付いておりバンガローの中からWi-Fiを使ってモニタできるようになっている。

「芳治、モニタできてる？」

芳治は和也より一つ年上だが、香織につられたのか、今や皆呼び捨てになってしまっている。

「ええ、良好です。少し左に向けてもらえますか？　そこです」

和也と芳治はスマホ用のＷｉ‐Ｆｉを使って会話しながら画面の調整を行っている。風などで飛ばされないように地面に杭を打ちつけて、そこにカメラをしっかり固定すれば完了だ。

和也は自分のカメラの設置が終わり、三国の方へ目を向けた。〝アレ〟が逃げて行った地点から森の奥を撮影するようにもう一台を取り付けているはずだが、立ったまま動かない。

「どうした？」

近くまで来た和也は、両掌を胸の前で上に向けてる三国に声をかけた。

「やっぱりここはＵＭＡの宝庫だぜ。見ろよこれ。全く知られていない種類だろ」

三国の手の上には二十五センチ程の大きさの蝸牛《かたつむり》が載っていた。青色の皮膚に鮮やかなブルーの殻を背負っている。皮膚を波打たせながら四本の触角があちこちと動いている。

「……」

大きさも異様だが、見た目のインパクトも日本に生息する生物のイメージではない。

かなり薄気味悪い生物であるが、それを両掌に載せてにやにや笑っている三国もどうかしている。

こういう未知の生物を素手で触ることについて、どう話すべきか和也が逡巡していると、先に三国が動き出した。

「カメラそこにあるから付けといて。俺これ捕獲かごに入れてくる。ははは大発見だ」

「おい、三国。それ、どこにいた？」

和也が三国の背中に問いかけると、三国はそのままの姿勢で答えた。

「今、お前が立っているところの葉っぱの裏だよ」

新種の生物捕獲ならば大スクープであり、動画投稿サークルとして和也も喜ぶべきところだろうが、和也はこの流れに乗れない妙な違和感を覚えた。


和也がカメラを設置して一号棟に戻るとメンバーは混乱状態に陥っていた。部屋の中央に三国が倒れており、夕食に出されるはずだったのか、床にウインナーが散乱していた。

「三国君。三国君っ」

香織や里奈が三国の肩をゆすりながら叫んでいる。その横では青い蝸牛が床を這っており千恵が興奮状態だ。

「いやぁ、やだこれ。何、何なの？」

芳治は、何とか泣き叫ぶ千恵を落ち着かせようとしている。

「森田さん、落ち着いて、少し離れて。一一九番に電話してください」

だが、落ち着いていないのは芳治も同じようだ。ここに来た時、車から降りた時点で既に〝圏外〟になっており、電話が通じないのは確認済みだ。

芳治自身が、以前の地すべりのとき電話施設も壊れたのだろうと言ったのではなかったか。

「電話は通じないよ！　ねぇ、これ、ウインナー食べてるよ。蝸牛も食べるの？　ねぇ！」

大声でわめきながらも千恵は冷静なのかもしれない。

和也は作業用のゴム手袋をすると、ウインナーを飲み込む途中の蝸牛の殻を掴んで床から引きはがし、そのまま外に走り出て調理用に起こした火の中に放り込んだ。

ジュユウという音が鳴き声だったのか肉が焼ける音だったのかは定かではない。

急いで中に戻ると、全員の意識は三国に集まっていた。芳治が三国の口元に耳を当てて呼吸を確かめている。

「息はしています」

「どうしてこうなった？」

和也の問いかけを予想していたように間を置かず里奈が返す。

「わからない。三国君が戻ってきて部屋に入るなりいきなり倒れこんだの」

「それに驚いた私が、運んでたウインナーを落として、気が付いたら気持ち悪いでんでん虫が這いまわってて……」

両腕を抱きしめるようにして千恵が補足したが、三国よりウインナーを落とした方が気になっているのかもしれない。

仰向けに寝ている三国には、これといって目立った傷はない。

「後ろは？」

和也の問いかけに、里奈、香織、芳治でゆっくり半回転させる。全員後頭部に何かあると予想していたはずだ。


「無いな」

後頭部にも、腕や首筋も、変わった個所は見られない。

和也はもう一か所気になる部分を確認しようと三国の腕に手を伸ばした。

その時だった。急に振り返った三国と至近距離で目が合った。

「何してる？」

全員が唖然と声の主である三国を見つめる。

「三国君、大丈夫？」

里奈の問いかけに、ようやく我に返ったように三国は辺りを見回した。

「俺は……。おい、ＵＭＡはどうした？」


「あれの価値がわかってるのか？　和也。何で焼く必要があるんだよ」

皆が体調のことを心配し、何度も聞いたが「問題ない」の一言を繰り返し、腹が減ったと呆れさせた三国は、夕食時にも三国節を発揮していた。

「動画だけじゃ、今時真実味が無いんだよ。それにあれを動物園や博物館に売ってみろ、いくらになる？　オークションって手もあるんだ。一億にはなってたよ。どうしてくれるんだ」

「あの場面見れば、誰でも捨てるよ。ウインナー食べるでんでん虫なんて気色悪い！」

千恵は、カップ麺を食べながら、勢いよく話す三国を見て少しほっとしたのか、言葉使いも遠慮がない。

「日本ではあのサイズの肉食の蝸牛はいないので、確かに新種なのかもしれませんね」

芳治も新しい生物には興味がある様子だ。そもそも、人望がある芳治の決断がなければ、今回のＵＭＡ撮影も実現していないはずだ。三国はどこか信用できない。

「そうだろっ。とんでもない価値があるんだよ。明日は朝から探すぞ。動画より捕獲だ」

時々汗をタオルでぬぐいながら三国は続ける。

「もし、捕獲できたら、俺が第一発見者だから七割もらう。残り三割はお前らで分けていいよ。それでも大金だぜ。車くらいは買える。悪くないだろ？　文句しか言ってない千恵だって棚ボタだろ」

「何よ、さっきまで倒れてたくせに。私は明日すぐに帰るから要らないわよ。あんなの二度と見たくない」


「車は俺と和也のしかないんだ。どうやって帰るんだよ。あほ女」

「全然、大丈夫。歩いて帰る」

「千恵ちゃん……」

初耳だった里奈は少し慌てているようだ。里奈の立場では誘った手前、千恵と共に帰るべきなのだが、そうすると香織を一人にすることになる。

「里奈、大丈夫だから」

少しほんわりとした見た目とは裏腹に、千恵の意志は固い。

確かに下山に一時間。そこから舗装された道路を十キロほど歩けば最初のバス停に着くことができる。無理な距離ではない。

「私、下に降りたら、電話通じるけど一一九番する？」

千恵の提案に、全員一瞬キョトンとしたが、すぐに三国の事だと気づいた。あまりに勢いよく話すため忘れていたが、一時間前は倒れていたのだ。

「馬鹿言うな！　俺は元気だよっ。ＵＭＡ目前にして帰るわけないだろ！」

「馬鹿はあんたでしょ。そんな汗かいて平気な訳？」

「俺は元々汗かきだよっ。見ての通り太ってるからな、ラーメン食えば汗が出るんだ」

（くっ、くすくす）

三国のしぐさや表情に、皆思わず笑ってしまった為、三国と千恵の掛け合いは流れた格好だ。

少し間があって、食事中ずっと沈黙していた和也がやや唐突に質問した。

「なあ、三国。どうしてそこまでＵＭＡにこだわるんだ？」

「何だよ、和也、改まって……」

和也の目が意外に真剣だったので、三国はいったん言葉を切った。

「お前何か隠しているよな？」

唐突な和也の切り出しに、空気が固まる。

「このバンガロー借りてきたのお前だろ？　普通は営業を辞めているようなバンガローを無理してまでは借りないだろ。それから、最初に見たあの猫みたいのとか、さっきの蝸牛とか、普段絶対に見れないような生き物が簡単に出てきすぎると思う。そして意識を失ったにもかかわらず、何で意欲的なんだ？」

全員の視線が三国に集まる。

「おいおい、それは来る前に十分話したろっ」

三国は一瞬勢いで誤魔化そうとしたようだったが、皆の顔を見た後、ふぅと息を吐くと諦めたように話し始めた。

「知っての通り、ネット上で俺はＵＭＡのコミュニティに所属し、ＳＮＳで常に情報交換している。ＵＭＡ系なんて殆どが嘘の塊で、空想好きの遊びのようなもんだ。俺みたいな将来の絵が描けないような奴らが最後に行きつくような場所だよ。でも、俺みたいのがロマン無くしたら生きる意味もなくなる。そんなこんなで仲間同士仲良くやってるんだが、半年ぐらい前から結構リアリティのある情報が出回り始めたんだ。全く無関係の人間が、何人も白くてぬめぬめした生き物を、同じ場所で目撃している。俺たちが遭遇した〝アレ〟のことだろう。だが、誰も写真や動画を載せてない。そりゃあ意欲的にもなるだろ。何年も夢見るオタク扱いされて来たのに、UMAを証明できれば胸張って続けることができるんだ」

そこまで話して三国は汗をぬぐった。

三国の三文芝居をどう暴くか？　思案しながら和也は続ける。

「それで、俺達が〝アレ〟を簡単に撮れた理由は何だ？」

「そりゃあ偶然だろ。俺だって知らないよ。運がいいのに文句はないだろ」

「このバンガローのこと、どうやって知ったの？」

和也の質問を補足するように香織が聞いた。

「SNSで見たんだよ。前に目撃した連中がここに泊まったって」

「その人達に直接聞いたってこと？」

「いや、最近そいつらはSNSに来ない。以前ここのURLが書いてあった。俺は過去ログもコピーしてるからな」

「前に泊まった人達は、何の目的で来たの？」

「さあ？　ＵＭＡ以外に目的はないだろ」

「ＵＭＡを目的に来て、せっかく目撃したのに撮影できなかったってこと？　矛盾してる」

里奈も三国の要領を得ない答えに、しびれを切らしたのか会話に参加してきた。

「そういう事はよくあるだろ。電池が切れたとか。タイミングが合わなかったとか。きりがないよ」

「お前電話して鍵もらったって言ってたよな？　どんな人なんだ？」

と再び和也。

「ああ、それは嘘。本当はさっきのＵＲＬにアクセスして申し込んだら、差出人不明で鍵だけ送ってきた」

顔を見合わせるメンバーをよそに三国は汗を拭いている。

「三国、お前何で俺達をここに連れてきた？　お前が動画サークルに入ってきたのが約半年前。この三か月間お前は乗り気でない俺達をよそに、ここに来る計画をどんどん進めて来たよな？　なぜＵＭＡ仲間と来なかった？」

和也は、三国を真っすぐ見つめている。

「女がいなかったから。ＵＭＡ仲間に女なんていないからな。オタクの男ばかりでキャンプして何が面白い？」

「何それ？　ふざけないで！」

「ヤダー」

女性陣から口々に抗議の声が上がるが、三国には響いていないようだ。

「お前なぜ意識を失った？　あの蝸牛に関係あるだろう」

「ただの貧血だよ。俺は昔から低血圧だからな」

和也は何か腑に落ちない。しかし、これ以上追及しても水掛け論になるのは見えている。


「俺はもう寝る。お前達だって好き嫌いは別としてＵＭＡ捜索の目的で来たんだ。今更何を心配してるんだ？　ＵＭＡ見つけて帰ればいいだけだろ？」

最後の反撃の言葉を言いながら、三国は部屋の隅に寝転がった。

ただ、背中の汗のシミが尋常ではない。床に背中が付いた瞬間ベチャリと音がした。

「おい、三国っ」

「三国君」

よほど具合でも悪いのか、横になった瞬間から蒼白な顔でしっかりと目を閉じている。

寝ているのか？　気を失っているのか？　意識があるように見えない。

「明日の朝一番で、皆で下山しましょう。三国君の容態が心配です」

芳治の言葉に、皆一様に頷いた。

「じゃあ女子は隣に戻ります」

夕食の片付けの後、芳治にそう言うと、香織たちは玄関に向かった。

ドアの開く音がした次の瞬間、里奈の悲鳴と再びドアの閉まる音が室内に響いた。

「どうした里奈？」

和也が駆け寄るより早く里奈の声が響く。

「外に蝸牛がいる！　さっきのが沢山いる！」

「何だって」

「ダメ。すぐそこにいるの。開けちゃダメ！」

確認のためドアを開けようとする和也を慌てて里奈が制した。窓は打ちつけられているため外は見えない。

芳治はすでにPCを操作していた。外の物音に耳を澄ませると、わずかだがバンガローの入り口辺りがギッギッと音を立てているのがわかる。

「見えました」

芳治が操作するＰＣの画面には、定点カメラの映像が映し出されていた。

見た目では一号棟と前庭が映っているに過ぎない。

芳治がズームする。

小さな物体が集まって黒く模様を作っているようだ。

さらにズームする。無数の蝸牛がゆっくりと移動している。数千匹はいるように見える。

「嫌っ、嫌、嫌、何よこれっ」

千恵の声は叫びに近い。だが、そのおかげで他のメンバーは自分を抑えることができた。

「ドアのロックは？」

「してある」

「もう一度、建物の隙間を確認するんだ」

泣いている千恵をよそに、和也達の行動は早い。

和也は懐中電灯で天井を照らす。窓は全て板で打ちつけてあり問題ないはずだ。

エアコンもない。

里奈たちが見ているキッチンの流しの下も問題ないようだ。

最後に自分の目で確認した和也は、他の四人のところまで来ると、同じように腰を下ろした。

千恵も何とか落ち着きを取り戻している。

ただ、三国はこの騒動の中でも目を閉じて動かない。


「芳治。あの蝸牛はなぜここに集まっていると思う？」

和也は、今の事態について芳治と冷静に話し合いたかった。

「僕は植物なら少し詳しいですが、動物や昆虫には詳しくありません。でも、蝸牛は植物の敵ですから一般的な事なら知っています」

一旦、間を置いて芳治は続ける。

「蝸牛は、冬眠期間以外は餌を食べ、交尾し、産卵することを繰り返します。この内、交尾はその性質上集団移動とは無関係と思います。産卵は森の中に暗くて湿度の高い、より適した場所があるでしょうから、わざわざバンガローである必要はありません。よって、あれだけの数が一斉に同じ場所を目指す理由としては、餌があるからだと思われます」

「餌って私たちのこと？」

里奈の声に動揺が感じ取れる。

「先程の蝸牛はウインナーを飲み込んでいました。あれは肉食である証拠です。ただ、基本的には自分より大きな生物を食べるとは考えにくいですが、正直解りません」

「もし、あの蝸牛がここに入ってきたらどうすればいいの？」

里奈は千恵を巻き込んだ責任を感じているのだろう。

「通常、蝸牛を駆除する場合は農薬を散布しますが、当然そのようなものは有りません。個々には塩を撒いて退治するか、太陽光や火に近づけて乾燥させるのも有効です」

芳治はいったん言葉を切り、皆がうなずくのを確認して続けた。

「ここには大量の塩は有りませんので、キャンプ用のガスボンベをバーナーとして使って退治するしかないと思います」

幸い夕食時に使った装備が近くに置いてある。ボンベが六個、バーナーノズルは二個、ライターが五個ある。芳治は、一個のボンベにバーナーノズルを装着しライターで火をつけて見せた。ボボボッという音と共に青い炎が噴き出す。芳治は火を止めると付け加えた。

「蝸牛がここに入れるのなら、我々が来た時に室内に痕跡があったはずです。こんなに良い状態ですので、ここには侵入できないと考えられます」

皆を安心させるためか、芳治は普段見せないぎこちない笑顔を作った。

「おい、水くれよ！」

「キャッ」

突然の声に香織が驚いたのも無理はない。いつの間にか三国が背後にいたのだ。しかも腹這いの状態だ。さっきいた場所から汗のシミが床に続いているところを見ると這って移動したのか？　それにしても汗の量が尋常ではない。

「あっ」

香織が振り向いて小さく声を出したのは、三国の顔に四本の長い突起物があったからだ。

「お前のそういう顔が見たかった。水より先にやることやろう。お前は俺のもんだからな」

三国はしゃがれた声でそう言うと、いきなり香織に覆いかぶさった。

「キャァア」

里奈と千恵の体は離れた場所を求めて瞬間的に反応した。逆に和也の体は三国の方へ向かう。

「三国やめろ！」

和也は肩からタックルをしたはずだったが、三国の体はひどく柔らかく、埋まったような感触だった。が、次の瞬間、強烈な筋肉の反発が感じられ和也の体は跳ね飛ばされた。部屋の中央から壁際まで宙を浮いた。和也の体が壁に当たって鈍い音が響く。

「和也！」

里奈の叫ぶ声が聞こえる。

香織は三国の身体が四肢にまとわりついて身動きができなかった。手足を包んでくる軟らかい筋肉が人間の身体とは思えない。汗ばむ三国からは想像できないくらい冷たい。顔にある四本の突起がにゅるにゅる動いている。

「これを待ってたんだ。今俺の女にしてやるぞ」

三国の口が開き中から何かが伸びて来る。

「何をするんですか三国君！」

芳治も三国に飛びかかった。しかし三国の体はびくともせず跳ね飛ばされる。芳治はすぐに立ち上がり再び向かっていくが、同じことの繰り返しだった。三国の姿勢すら変えることができない。

「止めるんです。三国君」

（シュゴー）

芳治はガスバーナーの炎を三国の顔面に浴びせた。

「ぐあうおぉぉ」

三国の上半身がのたうつように変形し軟体動物のように縮む。一瞬バーナーの炎から逃れた。

頭部が芳治の方へ向けられた次の瞬間、三国の口から緑色の液体が芳治へ吹きかけられた。

「うわあああぁ」

芳治は大きくはじけ飛ぶと、液体が目に入ったらしく目を押さえて床に転がった。和也は三国と芳治を見比べて、緊急度合いは芳治だと判断した。キッチンにあったペットボトルの水を掴むと、芳治の顔面にかける。

「芳治、水だ。目を洗え！　芳治」

手を外した芳治の目は大きくはれ上がっている。恐らく見えていないだろう。

「里奈、代わってくれ！」

「はい」

和也は床に転がったガスバーナーを拾うとゆっくりと三国に近づいた。三国は既に人間の形状を維持していない。顔があった部分には四本の触角が勢いよく動いている。香織を取り戻すにはもう一度頭部を焼くしかない。だが、緑色の液体には注意しなければならない。

「この化け物！」

いきなり和也の横から千恵が走り出てガスバーナーを三国の頭部に押し当てた。和也と同様に三国も虚を突かれたのか大きくのけぞって後ずさった。三国が動いた後、香織の足もとに脱皮の後のように三国のズボンが残されている。

和也はこのチャンスを逃さなかった。一気に近寄ると、怯んだ三国の触角へガスバーナーを近づける。二つのバーナーで焼かれた三国は大きくうねりながら後退していく。和也と千恵は同じ部分に炎を集中させる。入り口のドアまで後退すると三国は「ギイギイ」と声を発する。触覚を守るように頭部がうねりながら内側へ縮んでいく。徐々に皮膚が乾燥し始めた頃には大きさは三分の一程度になっていただろうか。


「ねぇ、ここで焼き殺しちゃうわけ？」

炎を当てながら千恵が言う。

「……俺にもわからない」

同じ場所に炎を当てながら和也が答える。

「明日の朝までここに居なきゃいけないのに、この死体と一緒にいるのヤダ。それにこれって殺人ってこと？」

「……」

「そういうこと考えたらさぁ、死なない程度にして、自然に返せばいいんじゃないかって思うんだ。自然に戻れるのなら動物だし、人間は死んだんじゃなくて、いなくなったってことになるでしょ？」

和也はさっきから思っていたことを口にした。

「君って見かけによらないね？　それに順応性高い」

三国だった蝸牛の皮膚が焼けて黄色く変色し、うねりの速さがひどく緩慢になったところで二人は火を遠ざけた。五十センチほどの大きさで、触覚はもう中に埋まっていて確認できないが、生きていることは間違いない。

「君はドアの隙間をそのままガスバーナーで焼いてくれ。ドアを開けたら一気にこいつを放り投げる」

「一、二、三、よし！」

掛け声と共に、入り口のドアが開かれると、和也は登山リュックに詰め込んだ物体を外に放り投げた。それは蝸牛が密集しているところに落ちた。ガスバーナーの効果は絶大で入り口付近にいた蝸牛も火を向けると近寄っては来なかった。

香織と芳治は並んで仰向けになっていた。ほぼ見えない目で芳治が自分で動いたのだという。香織は呼吸をしていたが顔面は蒼白だった。しっかりと目を閉じている。

「横になったまま失礼します。今から僕の考えたことを話したいのですが聞いてもらえますか？」

誰も何も言わない時間が二十分ほど経過した頃、芳治が話し始めた。

「香織は見ての通り意識がありません。皆さんも気づいていると思いますが、さっきの三国君と同じ状態です。きっとこの先起こる事も同じでしょう」

何か声を出しそうになった千恵を和也が手を挙げて制した。

「僕らは卒業時に結婚する予定でした。——三国が香織にしたことは『生殖』です」

そう言って芳治は唇をかんだ。

三国が香織を押し倒した時、三国は口から白い骨のようなものを香織の喉元に突き刺したのだ。誰もが香織は死んだと思ったあの行為を芳治は『生殖』と言った。それを理解していたからこそ、芳治はあの時ガスバーナーを使ったのだ。

「香織が三国君と同じ運命を辿るなら、あと四時間で変化します。その時僕は彼女の『生殖』を受け入れるつもりです。――ああ、そんなに驚かないでください」

芳治は皆の動揺をゆっくりといなしていく。

「さっき僕がかけられた液体は、恐らく毒の一種です。蝸牛の中には毒を持つ種類もいるんです。和也君と里奈さんがすぐに洗い流してくれたにもかかわらず、もう殆ど見えません。皆さんはよく注意してください。……和也君にお願いがあります」

「芳治、ここにいる」

芳治は和也の方を向いて頷いた。

「僕と香織を裸にして同じ寝袋に入れてください。そして寝袋を囲むように灯油を撒いてください――」


芳治の希望通りの形になるまでに、長い話し合いがあったが、芳治の意志は固かった。

「あと一時間で香織は蝸牛に変身します。皆さんが香織を焼き殺すところを僕が黙って見ていると思いますか？」

結局、芳治のこの言葉で動かざるを得なかった。中央に二人を入れた寝袋を置き、周囲にランプ用に持ってきた灯油を撒いた。芳治の手には着火用のライターが握られている。

「皆、すまない」

一号棟を出て行こうとする皆に芳治が声をかけた。皆は振り返って頷いた。

和也と里奈、千恵の三人は、ドアを開けてすぐに灯油を浸み込ませた芳治の下着を燃やす。和也が燃える下着をトングで掴み、里奈と千恵がガスバーナーを持っている。火を近づけたところだけ蝸牛が波のように広がる。逃げ遅れた蝸牛はガスバーナーで威嚇しながら進む。

和也は入り口の階段下にある古い木製のベンチに灯油をふりかけ火をつけた。火が一気に燃え上がり、周りを明るく照らし出す。蝸牛が一斉に後退したその隙をついて三人は二号棟まで走った。

千恵・里奈の順に二号棟の中に入る。和也は蝸牛が三人につられて二号棟へ移動してくるのか、様子を窺ったが、今のところ動きはなさそうだった。

中に入った和也は、足が逆さに二本突き出ているのを見た。横を見ると里奈が呆然と立ち尽くしている。もう一度足を見ると確かに千恵の足だ。巨大な蝸牛に千恵が半分飲み込まれている。千恵の足を掴んで引っ張ろうとした瞬間、するっと消え、蝸牛の顔と真正面に対峙した。口が動いているのはまだ飲み込んでいる途中なのだろう。和也は横っ飛びして里奈の腕を掴んだ。

「里奈、出るんだ！」

足の竦んだ里奈を振り回すようにして、ドアの外に押し出すと、咄嗟に床に伏せた。目の端に蝸牛の顔がこちらを向いているのを捉えたからだ。和也の頭上を緑色の液体が通過して壁に当たって飛び散った。

「女、女は……俺のもんだ……」

巨大蝸牛の頭部が三国の顔に変形し話しかけてくる。更に何か語ろうとしている蝸牛を無視して、和也は素早く外に出た。

ドアの外側についている鉄棒を横串して壁と固定する。和也は灯油の残りを二号棟の入り口付近に全て撒くとライターで火をつけた。燃え上がった火の明かりの中、里奈が。蝸牛を踏み潰している。周りにいた蝸牛は後退を始めている。里奈の手に持っているガスバーナーは火が消えている。

「このっ！　このっ！」

里奈は原形の無くなった蝸牛を泣きながら何度も踏み潰している。

「里奈、ボンベを交換しよう……」

漸く動きを止めた里奈の手からガスバーナーを抜き取って、和也はボンベを交換する。

「二号棟で朝まで待てば帰れるって、芳治君言ってたのに……」

「あと一時間すれば朝日が射す。そうすれば、蝸牛はいなくなる」

「……さっきのって、三国よね？」

「ああ、三国だった……」

あれが三国ならば、蝸牛に変化しても意志は残っていることになる。しかも、より動物的な本能が前に出た状態で——。考えると、和也の胸に嫌悪感がこみ上げてくる。

「四、五時間は燃え続ける。大丈夫だ」

和也の言葉は、里奈に話しかけたのか、独り言か、まだ明けぬ空に消えた。


まだ、一号棟から火の手が出ない。芳治の意識があれば香織との『生殖』の後、芳治が火を付ける筈だった。和也達が一号棟を出るとき、香織の意識は戻りかけていた。

「予定なら、そろそろ……」

和也の言葉に里奈も軽く頷く。二号棟が本格的に燃え始めた熱気で蝸牛の群れは大きく後退し、二人は一号棟の近くまで行くことができた。

「三十分経っても火が出ないときは、ここに火を付けて下さい」

芳治がそう言ったのは、皆を守る為だと和也は理解している。

（もし、芳治までも蝸牛に変身してしまったら？　同時に二匹の人間大の蝸牛と対峙することになる。里奈が持つガスバーナー一つでどうやって対抗する？）

和也と里奈はゆっくりと一号棟の玄関に近づく。

（今すぐ中から燃え広がってくれ！）

和也の願いが強くなるほど、目の前のドアが開いて何かが飛び出てきそうな気がする。

芳治と香織。二人とも真摯で正直な人間だ。和也にしては珍しく尊敬の念さえ抱いている。そんな彼らが蝸牛に変身して襲ってくるだろうか？　和也が逡巡した、そのわずかな隙にドアは開いた。

目の前に、香織が一糸纏わぬ姿で立っていた。二号棟の炎に照らされている。

（美しい……）

「和也君、私、大丈夫だった」

香織の元気そうな声が嬉しい。

「ほらっ、見て。私、人間のままよ。和也君に見て欲しくて裸で出てきたの」

香織は身体をねじって前後のプロポーションを見せる。そして和也の方へ両手を突き出した。

「こっちに来て中に入りましょう。和也も思い出すでしょ。あの時のこと。二人で皆に隠れて抱き——ジャァアシュュ」

香織の身体はいきなり炎に包まれた。容姿の原形を留めぬほどに、それはうねり始める。

里奈が液体をふりかけ、ガスバーナーで火を付けたのだ。里奈の手にはランプ用の灯油缶が握られている。

「しっかりして！」

そう言うと共に里奈の肘が和也の脇腹に食い込んだ。

「うっ」

うめく和也の目の前に灯油缶が突き出される。二号棟のランプ用に持って行った灯油だった。

「早くそれをバンガローに撒いて！　ここを燃やすの！」

我に返った和也は、激しくうねっている『香織』にさらに灯油をふりかけながら横をすり抜けてドアの前に立つ。わずかに開いていたドアを閉めて、周辺に灯油をふりかけた。最後にドアの前から香織の方向に灯油の道を作った。

「香織こっちだ！」

うねる物体が声に反応するように近づくと、ドアまで炎が燃え広がった。

バンガロー二つが同時に燃える熱量は大きく、蝸牛の姿は見えなくなった。二人は一号棟と二号棟の中間あたりの地面に座っている。さっきまで黙っていた里奈が口を開いた。

「許すわ」

香織との事を言っているのは間違いない。

「……うん」

和也は燃えるバンガローを見ながら考える。

(俺は二人の人間に許されたな)

一号棟に火を付ける前、ドアの隙間から蒼白な顔の芳治と目が合った。手にはライターを持っていた。

「いいんです。ありがとう」

芳治の言葉には色んな意味が込められていたかもしれないが、和也には全ては理解できない気がした。

(もし、ここで俺が蝸牛になったら、里奈をどうするのか?)

里奈の横顔を見ながら、自分は疲れていると思った。

「里奈、朝日が射してきたら下山しよう」

今日の天気:長野県北西部　雨

It's...Showtime!

五丁目

夕暮れに融け行く山緑の中の坂道を、ポップな黄色のボックスカーが登って行く。十五分ほど行ったところで、中腹より少し上にある別荘に車は辿り着いた。

冷えた空気と、針葉樹の深緑の中、仄かに薄いピンク色をして建っている別荘。知らない人が見たら、もろラブホだ。景観も台無しである。

でもここは、正真正銘、姫小百合《ひめさゆり》家の別荘なのである。


「さあ皆さん早くお降りになって」

一足早く車から降りたストレートロングの眉目秀麗な女性、姫小百合令子はそう言ってみんなを促した。

思えば、この別荘もヒメサユリの花を模して色塗りされたのだ。そして広い敷地にはヒメサユリが植えられたが、花咲く時はほんのひととき、それ以外の季節はただの草やぶになってしまうから、今は芝生にされて、シンボルのヒメサユリは庭の隅に追いやられている。

令子が走って行って、玄関の鍵を開ける。車からはわらわらと男女が降りてくる。

「わあーっ！　何これー!?　お城みたーい！」

車から降りる前からはしゃいでいるのは、間地加代。自分もピンクのコートを着て、耳当てもピンク、手袋もピンクだから、壁にへばりついたらさぞかし保護色になって見つけづらくなるだろう。

続けて車を降りたのは、小田真理。加代とは正反対に黒でシックに決めて、オトナの女をかもしだしている。

そしてもう一人の女性、色気のないメガネっ娘。塩せんべいの袋を抱いて、さっきから一人でばりばり食べている。鈴本恵だ。

男子で一番に降りて来たのは壱原一郎。無口だがよく働く。今も降りてすぐ、荷物を運び始めた。

続いて飛び降り、壱原を手伝い始めたのが弐階堂次夫。体格のいい彼は、よく力仕事を頼まれる。

黒のトレンチコートに身を縮めて降りたのは、三条ミチルだ。寒がりで、二十度以下の環境では生きられないと公言してみんなを呆れさせた。

三条の後ろから現れたのは、十文字亭。サークルの中では一番のイケメンで、加代が狙っているものの、十文字はまるで相手にしない。

そして、運転手を務めた、千石修司。彼は令子の婚約者である。上場企業の社長の長男で、彼らのサークルのスポンサーである。そのため、誰も彼に逆らわないし、彼も当然の権利として横柄に振る舞うところがある。


彼らは、ＪＯＹという動画投稿サークルのメンバーだ。

魔女に扮装し、ほうきにまたがってプールの飛び込み台から飛んでみたり、猫の着ぐるみを着て他人の家の屋根に登って警察に怒られたり、学園祭では花火人間をやって大目玉をくらい謹慎にまでなった。

それでもサイトにアップすると、たくさんの人が閲覧してくれる。固定のユーザーもついて、彼らはさらなる閲覧数アップを目指して、日々工夫を凝らし活動しているのだ。

今回、令子の別荘を借りて動画撮影合宿をすることにした。今日は二月三日、節分である。リアルな鬼に扮装し、まるでゲームさながらに、襲って来る鬼を退治するライブ映像を配信するのだ。

「寒いよお。ねえねえ、早くエアコン入れて！」

寒がりの三条がさっそく催促する。邸内が広いので、空気も冷え切っている。

「動いてりゃ温かいべ？　荷物運べよ。俺はパスね。運転して疲れたー」

ソファーにべったりと座り、千石は手をひらひらさせる。壱原と弐階堂はせっせと荷物を運び込んでいる。

「俺も、ちと休憩。俺の荷物そこらに置いといて」

そう言って十文字が千石の隣にどすんと着地する。長い足を組むと、その対面に恵が座った。

十文字は携帯を取り出し、お気に入りのゲームをやり始める。

「じゃ、さっそく晩ご飯の用意しまーす」

キッチンから加代が顔を出す。

「あー、腹減ったー」

千石があくびしながら言う。ご飯ができるまで仮眠する気だ。

荷下ろしを終えて、壱原と弐階堂がやって来た。「お疲れ」と十文字が言う。千石は早くも夢の中だ。

「どうする？　鬼役決めちゃう？」

弐階堂が言う。十文字は「三条！　三条！」と、エアコンの前にへばりついている三条を呼んだ。

「じゃ、三回勝負ね。じゃんけん、ほい！」

結果は三回ともパーを出して壱原の負け。「マジっすか？」「お前、ほんっと弱いな」みんなは壱原の肩を叩いて慰める。

「はーい、豆鉄砲」

弐階堂が水鉄砲のようなものを出してきた。これに豆を入れて鬼を撃つのだ。

「マジ？　ちょっと、痛そうじゃない？」

鬼になる壱原が不安げに言う。「いやいやいや」とみんなは首を振る。

「弾の豆、こんなもんだぜ。痛くないっしょ」

十文字が豆の入った袋をテーブルの上に放り投げる。途中のスーパーで買った炒り豆だ。

「もーらい」

恵が手を伸ばして袋をさらい、びりりと破る。

「ちょ、恵、お前何やってんだよ！」

十文字の抗議も聞き流し、恵は豆を自分の年齢分、数えて食べ始める。

「お前ってほんとに食い気だけな」

三条が呆れた。

「ふあーあ、飯まだあ？」

ぼさぼさと千石が目を覚ます。あくびをすると虫歯が覗いた。

「令子さんは？」

「キッチン」

千石の間の抜けた問いに、ゲームしながら十文字が答える。

「令子さんは休んでていいのにー。令子さーん」

ぷらぷらと千石は立ち上がってキッチンに向かう。弐階堂と三条が、「ウォーミングアップしとこうぜ」と立ち上がる。「僕もそろそろ」と壱原も立ち上がる。壱原は鬼の扮装の準備を始めるらしい。十文字は一人、ゲームをやり続けている。

すっかり暗くなった庭園を、屋敷の灯りが照らす。弐階堂と三条の「鬼ごっこ」が始まった。鬼役の三条が、棍棒代わりの枝を振り上げて弐階堂を追う。ふざけ半分でやっているうちに本気モードが入ってしまった弐階堂は、近くにあった立て札のようなものを引き抜いて応戦を始めた。

一方キッチンでは、真理が寄せ鍋の準備を、そして令子と加代、それに恵が太巻き寿司を作っていた。千石が「令子さーん」と呼びながら入って来る。

「何してんのー？」

「恵方巻き作ってるのよ」

「えほうまき？　あー、節分に食うやつね」

そう言いながら、具として用意された細切りの卵焼きをつまもうとする。加代がすかさず、「ダメですっ！」と注意する。

隣で、スカン、スカン、と音がする。恵がキュウリを細く切っているのだ。

「お前ってほんっと、何やらせても不器用ね」

そう言って呆れる千石に、「うるさい！」と抗議するのが精一杯の恵。

「恵方巻きって、縁起のいい方向向いてかじるんだっけ？」

「そうです。今年はですねー、南南東だから、えーと、」

千石に答えながら、加代は窓の外を見る。はしゃぎ声が聞こえるから、弐階堂と三条がバトルしているのがわかる。

「あの二人のいる方が南南東？」

「違う。北東」

そう答えたのは恵だった。

調理を手伝う前に、恵は携帯の磁石アプリで恵方を確かめていたのだ。

「南南東はあっち」

恵がぶっきらぼうに恵方を包丁で指した。

「ふーん。じゃ、あっち向いてがぶりとやればいいのね」

「黙って、笑顔でだよ」

恵はそう言いながら、また、スカン、スカンとキュウリを切った。

戦い疲れた弐階堂と三条が寒い寒いと言いながら帰って来た。男達はソファーに陣取り、豆鉄砲に豆を詰める。

「壱原、気合い入れて鬼メイクしてるかな？」

千石がわくわく顔で十文字に話しかける。

「鬼メイクって、かなり本格的なんすか？」

「知り合いにさ、映画の特殊メイクやってる人がいて、教えてもらったんだよね！ハリウッド並みの鬼になると思うぜー」

「やべー」

十文字もわくわく顔になって、千石の顔を見た。

太巻きも寄せ鍋の準備もできた。片付けを始めていた加代は、袋に入れられたままのいわしの頭と柊の葉の節分セットを見つけた。

「あーっ！これ、飾るの忘れてました！飾っといた方がいいですよね？」

「いいんじゃないの、今更」

真理はそう言ったが、

「でもせっかく用意したんだし、私、飾って来ますね！」

加代はセットを掴んで走って行った。

「おい加代、外寒いぞ！　上着着てけよ！」

十文字が声をかける。

「うん！　玄関先にこれ飾るだけだから平気！」

加代はそう笑って玄関の外に飛び出した。

外に飛び出した加代は、一瞬、びっくりした。

闇の中に、鬼が立っていたからだ。

びっくりしたけど、すぐに気がついた。壱原の扮装だ。

それにしてもすごくよくできてる。恐ろしい形相、角、筋肉、まるで本物だ。いや、本物なんてもちろん知らないけど、たぶん、本物っぽい。

「壱原クンすごぉーい！　まるで本物じゃない」

手を伸ばして体に触ってみる。その時。

目の隅に変なものが写り込んだ。え？　何？

近くの植え込みに。人の形をしていた。いや、人だった。顔が、壱原だった。体が、どうなってる？

体は、開かれている。魚みたいに。引き裂かれて、内臓が飛び散っていた。

え？

ぶん。

それは、鬼が手を振った音。

加代の首は一撃でちぎり飛ばされ、壁にぶつかって潰れた。

キッチンでは、真理と令子が笑いながら皿を数えている。大人の色気のある真理に、涼やかな微笑の令子。

ワタシは……恵なんて名前なのに、何にも恵まれてない。恵はそんなことを思いながら、まな板に残ったキュウリの端切れをカリリとかじった。

器量は悪い、目は悪い。髪の毛は癖っ毛で頭だっていい方じゃない。色気なんかないし、貧乳幼児体型でおまけに口ベタ。

恵は自分の苗字さえ嫌いだった。鈴木恵ならどこにでもいる名前。せめて、全国の鈴木恵さんの仲間入りをしたかった。

なのに、何、鈴本恵って？　変わった苗字なら姫小百合さんくらいのインパクトは欲しい。鈴本はあまりにも微妙だ。

みんなが恵方巻きなら、ワタシはこのキュウリの端切れだ。このまま干物になっていくのかな。そのうち焦って、そこらのつまらない男にバージン盗られるのかな。せめて死ぬまでバージンなんてだけは、嫌だな。

また、キュウリをかじる。その時、ドン、と鈍い音がした。

何？　令子がびっくりして思わず真理の手を握る。何か壁にぶつかった音ね、と真理は冷静に答える。

リビングの男達も、顔を見合わせた。

吹っ飛ばされた加代の首は、恐怖の形相を壁に思い切り叩きつけられて砕け潰れた。ぼとりと首は落ち、脳みそが壁にへばり付いて滴り落ちる。髪の毛の絡まった目玉が、きょとんと冬の夜空を見上げていた。

首を失った加代の体は、ちぎれた面から壊れた噴水のようにぴゅーと血を噴き出しながらよろよろと歩いた。鬼はその体を捕まえ、首の痕に両手の爪を食い込ませると、力任せに引き裂いた。

二つに裂けた体から、はらわたが飛び出す。鬼は肋骨の間に手を突っ込み、ぶちぶちと心臓を引きずり出して、喰らった。ぐちゃりと噛み潰すと、まだ温かい心臓からは血が噴き出し、鬼の口を汚した。

壱原は既に体を裂かれて心臓を食われている。無残な死体が二つ、転がった。

加代の心臓を食らった鬼の、背後の闇に蠢くもの。

鬼は、一体ではなかった。

加代の出て来た玄関。この中に、ニンゲンがいる。

鬼が一体前に出て、扉めがけて棍棒を振り上げた。

「おい、今の音、何ー？」

携帯を見ながら、千石が言う。相変わらずゲームを続けている十文字が、

「加代がつまずいて転んだんしょ」

と片付ける。

「加代ちゃん、ドジだから」

弐階堂が笑う。三条がトイレに行こうと立ち上がった、次の瞬間。

バキッ！　凄まじい音を立てて扉が粉砕された。驚いた三条は吹っ飛んで柱に飛びつき、

十文字達も腰を上げた。

続いて扉が蹴り飛ばされる。みんなが注視する中、現れたのは、鬼だった。

「ちょ、壱原お前やり過ぎだろ」

千石がさすがにキレて立ち上がる。やば。こんないきなり始まるなんて聞いてないよ。

撮影役の恵は慌ててビデオカメラを探す。

「すげー、マジ？　なりきってるじゃん！」

あまりのリアルさに、十文字が目を輝かせて鬼に近づいた。千石は自慢げにニヤニヤする。

手を伸ばして胸に触ろうとした十文字は、しかし鬼の顔を見て手を止めた。こいつ……壱原じゃない。笑顔が凍りつく。その十文字めがけて、
鬼は棍棒を振り下ろした。

湿った鈍い音がした。殴られた勢いで十文字はひざまずいたが、その体には頭がなかった。殴られてめり込んでしまったのだ。

首のあった場所からは、すぐに血が溢れ出して瞬く間に床を染めた。鬼は十文字の体を掴むと、首の陥没した穴に手をかけて、胸板もろとも剥ぎ取った。

ばしゃあ。飛び散る血。すぐに鬼は剥き出しになった心臓を血管を引きちぎりながらも

ぎ取り、喰らいついた。

「うわあああ!!」

ようやくみんなは事態に気付いた。これは、本物の鬼だ。

破れた扉から、次々と鬼が入って来る。どれも恐ろしい。口の周りを血でぬらぬらと濡らしている奴もいる。壱原と加代はこいつらに食われたに違いない。

キッチンにいた真理は、すぐに勝手口から外に脱出しようとした。戸を開ける。飛び出す。

そこに、鬼がいた。

戦慄が脳髄を直撃する。急いで戸を閉めようとしたが無駄だった。鬼の節くれだった指は戸を掴み、乱暴にはがし飛ばした。

真理は睨まれたまま目を逸らせなくなった。足がガクガクと震えて、内股に温かい液体が溢れ出す。

尻餅をついた真理に、鬼の顔が迫る。もう体全体がガタガタと壊れ始めている。

鬼の手が伸び、真理の左乳房を掴んだ。真理は「ひっ!」とだけ声を上げた。

た、す、け、て、た、す、け、て
鬼の眼を見ながら、頭の中で喚き続ける。もう呼吸すらまともにできない。

鬼は、真理の乳房を握り潰した。

「ぎゃあああ！」

恐ろしい悲鳴だった。鬼は握り潰した乳房をむしり、その痕に指を突っ込み、バキバキと肋骨をもぎ取る。真理は既にショック死している。その真理の胸から、心臓を引き抜き、かぶりついた。

キッチンから逃げ出してきた令子の手を掴み、千石は屋敷の奥に逃げる。弐階堂と三条も後を追って逃げる。恵はビデオカメラを放り投げ、泣きながらその後を追う。

「何だよ何なんだよ何なんだよ！」

最奥の部屋に入って鍵をかけ、千石は喚く。弐階堂が窓の外を窺う。駄目だ。外にも鬼がうようよいる。

外から物凄い悲鳴が轟いた。人間の声とは思えなかった。それは、真理の断末魔だった。

令子と恵は耳を塞いで震えた。

物の壊れる音が鼓膜を襲う。鬼があちこちを壊しながら近づいているのだ。

「こ、ここにいたって、みんな、みんな殺されるよ」

「じゃどうすればいいんだよ！　どこに逃げるんだよ！」

三条の言葉に、千石が噛み付く。

「た、戦えないかな」

弐階堂がうわ言のように言う。

「あ、あんなのと戦えっかよ。武器なんかねえぞ」

千石が喚く。喉がからからだ。弐階堂も絶望的になり、窓際で天井を仰ぐ。その時。

「きゃあああ！　弐階堂君後ろおお！」

令子の悲鳴。鬼のシルエットが、弐階堂の真後ろの窓に。

がしゃあああん！

粉砕された窓。鬼の腕が。しかし、運動神経のいい弐階堂は令子の悲鳴で危険を察知し、咄嗟に身を屈めて助かった。

だがそれも束の間だ。鬼に見つかった。窓枠を乗り越えて侵入しようとしている。

弐階堂は別の窓に椅子を放り投げた。一か八かだ。やった。その方向には鬼がまだいない。

「こっちだ！　早く！」

弐階堂が、三条が、千石が令子の手を引いて窓から脱出する。ガラスの破片が腕を足を切り裂く。それよりも命だ。

外は闇。月が出ていたはずなのに、その明かりはない。このまま車まで走れば逃げられるか。駄目だ。車のキーはリビングだ。

気づいた鬼どもが、迫って来る。闇が蠢めきながら、千石達を囲む。逃げ道は、塞がれた。今見える退路は、キッチンの勝手口しかない。

しかし、そこに逃げ込んだとしてどうする？　邸内にも鬼がいる。どっちみち、逃げられない。けれど。

選択の余地はなかった。今、殺されることから逃れるために、みんなは灯りの漏れる勝手口へと走った。

「うわあ！」

先頭の千石が叫びを上げた。真理が転がっている。左胸は大きく抉られ、恐怖が顔にへばりついたまま死んでいる。

令子がゆらり崩れる。三条があわや受け止め、千石が抱き抱える。恵はたまらず吐いた。苦しいが、鬼が追って来る。涙も鼻水もそのままに、千石達の後に続く。さすがに遺体はまたげない。真理の遺体を避けながら、みんなは中に逃げ込んだ。

「ちくしょう！　来んな！　来んなよ！」

追って来る鬼に弐階堂が、椅子を包丁をまな板を皿を、手当たり次第に投げつける。しかし鬼は屈強だ。太い腕でそれらをことごとく打ち払ってしまう。

リビングに逃げ込む。車のキーを。幸い、鬼は奥に行ったらしく、荒らされてはいるものの、がらんとしている。

キーはテーブルの上に。ゲットした。だが玄関から新たな鬼が侵入してきた。

キッチンからも鬼。玄関から、そして気配に気づいて奥からも鬼が戻って来る。

三条がテーブルの上の豆鉄砲を手に取った。

「そんなものでどうすんだよお！」

千石がわめく。

「目を狙う！」

三条は本気だ。武器はそれしかない。それで戦うしかない。

鬼が迫る。眼を。眼を。三条は、撃った。ぱすん、と間の抜けた音がした。豆は眼には当たらず、鬼の額に当たった。震える手では狙いなど定まらない。駄目だ。

だが。

異変は、起きた。

鬼が額を押さえ、苦しみ出したのだ。

額から煙が登っている。やがて、頭から燃え始める。

「貸せ！」

唖然とする三条から豆鉄砲を奪った弐階堂が、前後左右の鬼に豆を撃ちまくった。間違いない。豆が当たった鬼はもがき苦しみ、やがて炎を噴いて焼け消える。千石も三条も鉄砲を取り、鬼を撃った。恵は袋の豆を掴み取って、鬼にぶつけた。必死の戦い。

鬼は、全滅した。

悪夢だった。鬼どもは残らず煤になって、あちこちでまだちろちろとくすぶっている。夢ではない。数時間前には笑っていた十文字は、血だまりの中で死んでいる。壱原がいない。加代がいない。真理がいない。真理の遺体は見た。後は玄関の外に、二人の無残な死体があるのだろうか。

みんな一様に怯え、がたがたと震え続ける。弐階堂が恵の肩を抱く。恵は無限に泣き続けていた。

令子は千石の腕に抱かれて失神している。

ずいぶん時間が経った。三条がポケットから携帯を引っ張り出す。しかしまだ手がいうことをきかない。何度か取り落とし、握るように掴みながらダイヤルする。警察に。しかし、

「圏外だ」

「そんなはずねえよ！　ゲームだってできてたし、メールだって送れたろ？」

そうだ。鬼が来る前、みんな普通に携帯を操作していた。

しかし、圏外というのは確かだった。今やどこにも繋がらない。

「何なんだよ……こんなのあり得ねえよ……十文字……壱原……加代……真理……何でだよ……何で本物の鬼がいるんだよ！」

千石が泣き喚く。弐階堂も、三条も、泣いた。

「とにかく、さ、警察に報せないと。このままには、さ、しとけないから」

涙を拭いて弐階堂が言った。

「そうだね……車でいったんここを出よう」

三条が同意する。もちろん、異を唱える者はいなかった。仲間の遺体さえなければ、一刻も早くこの忌まわしい場所を脱出したかった。

こんなはずじゃなかった。笑っちゃうピンク色の別荘で、面白動画を撮って、みんなで笑い転げるはずだった。

恵方巻をみんなでかじって、福を呼ぼうと笑っていた。壱原も、十文字も。

楽しく寄せ鍋をつついて、お酒も飲んで朝まで騒ごうと言っていた。加代も、真理も。

迫真の豆まきをするはずだった。本物そっくりの鬼が登場して、豆鉄砲で退治して。まさか、本物の鬼が出るなんて。

ここを出よう。ひどく疲れていた。立ち上がるのはやっとだった。千石が揺らすと、令子はかろうじて気を取り戻した。

どうしても十文字の遺体のそばを通らねばならなかった。うつ伏せの遺体には頭部がない。どうなっているのか、想像だにできなかった。見ないように、見ないようにするが、生臭い血と内臓の匂いは容赦なく襲って来る。恵は再び吐いた。

「大丈夫か、恵?」

三条が声をかけ背中をさすってくれる。ありがとうと言いたかったけど、声すら出なかった。仲間がいてくれて良かった。

千石は令子を抱き抱えながら、弐階堂に続く。令子が十文字の遺体を見なくて済むように、令子を胸に抱いてそろそろと歩く。

弐階堂は粉砕された扉の前で、外に出ることを躊躇った。そこに何があるかわかっている。加代か。壱原か。見たくない。思わず噴き出す涙に、弐階堂はむせった。

でも、行かなきゃ。ひゅうひゅうと闇から生まれた冷たい風が吹き込んでくる。鬼はそこからやって来た。何の前触れもなくやって来た。闇は恐ろしい。

「弐階堂」

千石に声をかけられ、弐階堂は意を決して外に出た。

首に衝撃が走った。

真横から、弐階堂は頭を掴まれたのだ。

待っていた鬼に。

頭を掴まれたまま、弐階堂は押されて壁に押しつけられた。

「きゃあああ！」

恵が頭を抱えて絶叫する。千石は令子を抱きしめて後退りし、三条は尻餅をつきそうになった。

「ひ、ひへ、ひぇ、」

弐階堂が変な声を出す。頭を壁に押しつけられたまま、手足が壊れた人形細工のようにもがく。

そして千石達は、聞いたことのない音を聞いた。

べちゃりと、千石と令子の足元まで、脳みその欠片は飛んできた。三条の顔にも、血と脳みその混じったものが降って来た。ぼたん、ぼたんと、歯や目玉が床に落ちる。もがいていた弐階堂の腕は、もうぶらんと力を失っていた。

鬼は頭を握り潰した弐階堂の遺体を真っ二つに引き裂いた。ぼたぼたと内臓が溢れ落ちる。鬼は胸に貼りついたままの心臓をもぎ取り、ぐちゃぐちゃと喰らい始めた。その背後から。

再び鬼どもが姿を現した。

逃げ出す千石達。キッチンの方からも鬼が来る。まだ、恐怖は終わっていなかった。千石は絶叫しながらも、令子の手を引いて逃げる。恵はよろけ転びながら、必死で後を追う。

三条はリビングのテーブルに飛びついた。そこにまだ、豆鉄砲がある。鬼が近づいて来る。豆を、豆を鉄砲に詰める。まさか再び襲って来るなんて思わなかった。詰めておけば良かった。指が震えてうまく詰められない。ぽろぽろぽろとぽろぽろぽろとこぼれ転がる豆。

限界だ。鬼がすぐ背ろに迫っている。

三条は振り向いて鉄砲を構えた。引き金を引く。

豆が、出ない。

詰まっている？

鬼の顔が目の前に。あまりの恐怖に、三条は、

笑った。

それは単なる顔面痙攣だったかも知れない。しかし三条は、確かに、笑ったのだ。

鬼の右手に包丁。武階堂がキッチンで鬼に投げた包丁だった。鬼はその包丁を、三条の首めがけて大きく振った。

三条の首が、笑った顔のまま、飛んだ。

首を失った三条の体からは、鮮血がぴゅうぴゅうと飛び出した。ごろごろと転がった三条の頭を、別の鬼が踏み潰す。ぐしゃあと音がして、血液と脳みそが激しく飛び散った。

三条の首を切断した鬼は、包丁の切れ味が気に入ったようだった。牙を剥き出したぬらの口を歪めて、
嗤った。

鬼はさらに、血を噴き出している三条の腕を掴み、力任せにぶった切り放り投げる。もう一本の腕も。ひっくり返った胴体の足も掴み上げ、ぶった切る。衣服を剥ぎ取り、腹を裂くと、腸を引きずり出し、切っては放り投げた。

嗤いながら、解体して弄んでいる。それを周りの鬼どもが面白そうに見物している。

二階に逃げようとしていた千石は、とうとう、失禁した。

解体に飽きた鬼が肉塊の中から心臓を取り出し、かぶりつくと、周りの鬼どもは再び千石達を睨んだ。

「ひ、ひ、ひいいい！」

千石は蜘蛛のように階段をもがき上がる。令子が続く。恵も駆け上がろうとして、千石の尿で足を滑らせた。

転げ落ちる。鬼が迫る。逃げなきゃ。逃げなきゃ。なのに、足を捻った。

もう駄目だ。逃げられない。恵はしゃがみ込み、体を縮めて頭を隠した。激しく体が震え、泣いた。温かいものが内股から溢れ出す。せめて、痛くなく殺してほしい。発狂寸前の恵の視界に、鬼の野蛮な足の爪先が見えた。

その爪先が、
階段を登って行く。何体も。何体も。

恵はおそるおそる目を上げた。腕の間から覗き見る。鬼が、通り過ぎて行く。

どうして?

瞳を動かして辺りをうかがう。三条を解体した鬼が、包丁を掴んで近づいて来るのが見えた。

そうか。あの包丁で、今度はワタシがバラバラにされるんだ……

そうだとわかっても、やはり恵は動けなかった。今すぐ、心臓麻痺で死んでしまいたかった。包丁でバラバラに切り刻まれるのは嫌だ嫌だ嫌だ嫌だ嫌だ……

鬼が、目の前に来た。包丁の切っ先が、恵の鼻先で揺れた。全ての細胞が、絶叫した。

だが。

その鬼も、恵の前を素通りして行った。

もう鬼はいない。みんな、登って行ってしまった。

なぜだかわからない。

でも、助かった。

二階に逃げ込んだ千石と令子を、鬼どもが追う。どん詰まりの扉を蹴り開けると、外に降りる階段だ。二人はその階段を駆け降りた。

千石は車のキーを持っている。このまま車まで走れば。

しかし、闇の中に鬼どもは無数に蠢いていた。逃げられない。二人を見つけた鬼どもが迫って来る。退路は、キッチンの勝手口しかない。堂々巡りだ。だが今はそこに向かうしかない。

千石は令子の手を掴み、走った。真理の遺体は変わらず転がっている。千石はそれを蹴りどけて再び邸内に入った。

鬼が押し寄せて来る。真理の死体は、踏み潰されて、踏み潰されて、ぐちゃぐちゃになって行く。

二階から鬼が降りて来る。千石と令子は浴室へ続く廊下に逃げ込む。最奥の部屋。扉を開ける。そこは、
物でいっぱいの倉庫だった。

鬼は一本廊下を追って来る。袋小路だ。もう逃げ場はない。

この中に隠れれば、助かるかも知れない。だとしても、一人しか入れない。

千石は、
令子を突き飛ばして中に入り、扉を閉めた。

「修司さん!?　修司さん開けてよ！　開けてよ修司さん！　嫌よ助けてよ！　修司さん！修司さん！」

令子は狂乱して扉を叩き、開けようともがいた。しかし千石は鍵を掛けたらしい。内鍵があったのだ。

鬼が来た。

令子は扉の前に崩れ落ちて、壊れたように震えた。

鬼の手が令子の髪を掴み、令子は失禁した。

その鬼の手が、
離れた。

ぱしん、ぱしんと音がし、鬼が苦しむ声がした。

発狂しかけた令子の目に、
恵の姿が映った。

豆鉄砲を両手に構え、鬼を撃ち倒している。鬼退治をしながら、恵は令子のそばに辿り着いた。令子をかばい、鉄砲を撃ちまくる。落ちていた豆を拾い集めて袋に入れて来た。

これで、また鬼を全滅できれば。

令子は腰が抜けて動けそうにない。ここで、鬼を迎え撃ち戦うしかない。

「令子さん！　この鉄砲に豆詰めてぇ！」

恵は空の鉄砲を令子に渡す。令子さんと二度呼ばれて、ようやく令子は正気をわずかに取り戻した。指図通り、豆を鉄砲に詰める。恵はひたすら、鬼を撃つ。

だが、鬼の数が多すぎた。

豆は、底を尽きた。

今度こそ駄目か。恵は、令子を抱きしめた。死ぬとしても、二人なら、二人なら。

「ごめんね令子さんやっぱり駄目だった、ごめんね、ごめんね」

鬼は、すぐそこに。

恵と令子は目を閉じた。

痛みは、襲って来なかった。

ただ、静かだ。

恵は目を開ける。

鬼は、跡形もなく消えていた。

助かったのだろうか？

でもまた、襲って来るかも知れない。

恵と令子は、抱き合ったまま動けなかった。

凍える時間が続いて、狂いそうになりながらも、恵は耳を澄ました。やはり、鬼はいない。念のため落ちているわずかな豆を鉄砲に詰め、襲撃に備える。

鬼は、来なかった。

既に日付は四日になっていた。

無限の地獄。そういうものがあるのなら、恵と令子は、抱き合ったまま確かにそこに閉じ込められていた。かすかな気配にも二人は悲鳴を上げて身構えた。もう何時間も何時間も涙が流れ続けた。

しかし、人間の精神にも限界がある。意識に靄がかかり、朦朧とし始めた頃、いきなりの物音で二人は瞬時に覚醒した。倉庫の扉が開く。恵は豆鉄砲を構える。

千石が姿を見せた。千石だとわかっても、恵は鉄砲を下ろすことができなかった。

千石は辺りを窺い、それから気まずそうに二人を見た。

「れ、令子も恵も無事だったんだ。た、助かったな」

助かった？　まだわからないではないか。ぎこちない千石の歪んだ表情、それは笑ってみせているのだが、恵はその真意をはかりかねた。その時、外でカラスの声がした。それは死を招く禍々しいものではなく、ひどく場違いに呑気な、牧歌的な響きだった。

恵と令子は窓を見た。窓が映しているのはもう闇ではない。薄い青が窓を染めていた。

夜が、明ける。

もう鬼は出ない。根拠のない希望だったが、三人はそう信じたかった。恵はようやく鉄砲を下ろす。

千石は漏らしてしまったズボンを指でつまみ、うわあと言った。令子の白いセーターには点々と血痕。令子も失禁している。

「令子、き、着替えて来んべ」

千石は手を差し伸べた。しかし令子は、激しい憎悪の目で千石を見返し、恵にしがみついた。さすがに千石は、自分達の終わりに気づいた。引っ込めた手を無駄に踊らせ、あ、そうだと独り言を言って、携帯を取り出した。

「お、圏外じゃねえわ」

わざとらしくそう声を発して、それから、電話をかける。

「もしもし……あ、事件、です。仲間が、たくさん、殺されて、え？　はい、犯人は、鬼です。いやだからあの、鬼が」

野鳥の声が聞こえて来た。綺麗な、綺麗な声だった。悪夢は終わったのだろう。だが夢ではない。昨日までいた仲間達が、今は、いない。本当なら彼らの遺体に手をあわせるべきなのだろう。しかしその遺体はどれも、見るに堪えないおぞましい形で転がっている。

恐ろしい、あまりに恐ろしい一夜だった。

＊

その後三人は警察に救助され、病院に搬送されてしばらく入院し、事情聴取などに応じた。数人の男女が惨殺され、心臓をくり抜かれるという酸鼻極まりない事件。三人は当然疑われたものの、容疑者として扱われることはなかった。それほどまでに、惨殺の手口が人為を越えていたのだ。

退院後、恵はサークルはもちろん、大学もやめて実家に戻った。外出もできず、睡眠剤を飲んでさえ恐怖に飛び起きる恵は、実家に帰ってすぐ、精神科の病院に入院した。三ヶ月入院し、病院のデイケアに通いながら少しずつリハビリを始めた。

その後、高校時代の親友の口利きで、図書館のアルバイトをすることになった。アルバイトといっても、体調によっていつでも休めたから、ボランティアのようなものだった。職員の桑谷啓介が、恵の面倒をよく見てくれた。

「俺の名前ってザンネンでしょ？　谷じゃなくて田だったら、有名人と同姓同名でかなりウケたのにね」

そういう桑谷の話は、やはり自分の名前をザンネンだと思う恵に共感を持たせた。

そうして仕事にもだんだん慣れ、休むことも少なくなって来た時のことだ。

棚に戻す本の中に、鬼を描いた絵本があった。職員達は恵を気遣って、そうした本は恵に見せないようにしてきたのだが、恵が慣れてきたことでつい失念した。恵は絵本を取り落とし、パニックを起こして動けなくなった。

震える恵を事務室に連れて行き、介抱してくれたのは桑谷だった。

「送って行くから、今日は帰って休もう」

悪いとは思ったが、一人で帰る自信はなかったから、桑谷の言葉に甘えた。桑谷は恵を助手席に乗せ、他愛のない話をつないで恵をリラックスさせようとしてくれた。

家に着き、礼を言って降りようとした時だ。

「恵さん、もし良かったら、あの、次はお食事でもしながらゆっくり話をしませんか？」

恵はすぐに意味がわからなくて、桑谷の顔を見つめた。桑谷はそんな恵を見つめ返し、

「て、いうか、付き合いませんか、俺たち？」

これ以上ないほどの真剣さに気圧された。勢いづいた桑谷は、ブレーキが利かなくなって、どんどん押してきた。

「不安な時は俺がそばにいます。ずっとそばにいます。だから、安心してください。鬼なんて、俺が退治します。好きなんです恵さん。あなたが来た時、すっげえかわいい子が来たって、俺、舞い上がったんです。もう、いつもあなたのことばかり気になるんです！」

恵は、ただただ驚いた。これは、夢か？　恵は頭の中が真っ白のまま、「付き合いましょう」となおも押して来る桑谷に、「はい」と答えてしまっていた。

あれからちょうど一年。また、節分がやって来た。

昼過ぎに、姫小百合令子から恵に電話が来た。彼女もまた、あの日のトラウマに苦しみ続けていた。あの日を最後に、千石とは会っていないという。自分を見捨てた男だ。二度

と会いたくはないだろう。

その日、桑谷はずっと恵のそばにいた。桑谷のおかげで、恵は不安と恐怖に押し潰されずに済んだ。

そしてはじめて、キスをした。桑谷は、一生あなたを守って行きたいと言ってくれた。

生きていて良かったと、やっと、思えた。悪夢から解放されそうな気がした。きっと桑谷が、救い出してくれる。

いわしの頭に柊の葉。北東の鬼門にはお札を置き、桑谷は仰々しく豆まきをして、恵はあの日と同じく、年の数の豆を食べた。

もう二度と、あんな目には遭いたくない。

＊

その節分の夜。

千石修司は、ベッドの中で激しく女を抱いていた。千石もまた、あの日が忘れられないのだ。その恐怖を、千石は肉欲に溺れることで紛らわそうとしていた。

朝から災厄が続いた。車で出かけようとしたがエンジンがかからず、苦戦しているうちに居眠り運転の車が突っ込んできて、塀と車庫と千石の車を駄目にした。仕方なく家にセフレを呼び、抱いて気を紛らわせていたのである。

「ねえ、車、直るの？」

「買い換えるよ。ありゃもう駄目だ。もう悲惨だぜ。塀もガレージもメチャメチャでさ、そっちは明日直してもらうけど、車はパー。でもさ、親父に頼んで、すぐ新車手配してもらうよ。そしたらお前を一番に乗せてやるからな」

そう言いながら、千石は再び女の体に指を這わせた。

塀の修繕は、明日では間に合わなかったのだ。今日中に、そこを、塞いでおくべきだった。

そこは、北東。鬼門。

這い出した無数の鬼が、絡み合う千石達のいる屋敷の扉を、今まさに、棍棒で叩き壊そうとしているところであった。

ぼうらぎ

三石メガネ

キャンプ場で起こった怪異の話。

小学五年生の夏に、家族でキャンプに行った。

両親と俺の三人だ。

車で隣のF県に行って、日中はM湖という大きい湖でレジャーをして楽しんだ。

初めてモーターボートに乗って湖を疾走したんだけど、スピード感が半端ない。

爽快というか、とにかく興奮した。

遠くで魚がぴちゃぴちゃ跳ねたりしているんだ。

漫画とか映画みたいな光景で、リアルでそんなことあるんだなぁと思ったのを覚えている。

俺はとにかく楽しくて、始終きょろきょろしていた。

「落ちるなよ」と何度も両親に注意された。

だから見たのかも知れないし、興奮から来た幻覚だったのかも知れないんだけど……。

弧を描いて跳ぶ魚の中で、一匹だけすごく大きなのがいた。

体長は、約一メートル以上。

俺は当時一四〇センチくらいだったけど、体積なら俺と同じくらいあったような気がする。

湖にそんな大型の魚なんかいるんだろうか。

そして見た目も変だった。

遠目だったのもあるんだが、なんかノッペリした感じ。

魚だと、ウロコやエラ部分なんかにデコボコ感というか立体感を感じると思うんだけど、それがない。

灰色の粘土で簡単に魚の形だけ作ってみました、みたいな、生き物にしてはすごくリアリティのない見た目だった。

——一瞬の出来事だったから、何か別のものを見間違えたのかも知れない。

そのあとのキャンプでのことがなければ、その程度の考えで終わるような出来事だった。

ケーブルカーに乗ったり海で泳いだりしてレジャーが終わり、いよいよキャンプ場へ。

湖からは少し離れた、川も海も隣接していないT広場というところに行った。

広場と言っても山の一部をレジャー施設にしたところで、切り開いた場所以外は鬱蒼とした山だ。

結構広いし、イノシシなども出るらしい。

キャンプ場になっている芝生の広場には申し訳程度の遊具があって、少し離れたところにはソリ滑りができる丘もある。

前は入浴施設もあったようだけれど、もう潰れていて、管理事務所になっていた。

シーズン真っただ中にも関わらず、その日のキャンパーは数組だけだった。

意外だったが、のびのび過ごせそうだと思った。


着いたのは夕方だ。

五時くらいだったと思うが、夏なのでまだまだ明るい。

何をして遊ぼうかなと思っていたとき、俺と同じくらいの子供を二人連れた家族が見えた。

両親と小学生男女一人ずつ、計四人だ。

ばーっと遊具に駆けていったので、俺も遊びたくなって同じ方向に走った。

滑り台とかブランコとか丸木橋とかが一体型になった、結構年季の入った木製の遊具だ。

そのとき、俺の両親はテントを立てたりバーベキューの準備をしていたりしたと思う。

手伝わなかったけど。


同じ遊具で遊ぶうち、その兄妹と仲良くなった。

兄の方は裕也《ゆうや》、妹は優芽《ゆめ》といって、双子だそうだ。

俺と同じ小五で、地元民らしい。

裕也は明るくてお調子者で、わりと最初から絡んできた。

そんな兄を見てか、優芽ちゃんも色々と話をしてくれるようになって、そのうち三人で自然に遊び始めた。

関係ないけど優芽ちゃん超可愛い。


そのあとはみんなでバーベキューをした。

両家族とも屋根付きのバーベキュー場を押さえていたので、隣同士でやって、まるで友達と一緒にキャンプしに来たみたいになっていた。

俺たちは早々に食べ終わって、また遊びに行った。

大人たちもそこそこ仲良くなったようで、ビールを注ぎ合ってたりしていた。

何時頃だったかは忘れたけれど、太陽が沈んで空はスミレ色だった。

その頃はもう木製遊具には飽きていて、バーベキュー場からはわりと離れた坂で、ソリ滑りをしようということになった。

「この向こうに廃屋があるんだって」

ソリ滑りの丘を登り切ったとき、裕也が言った。

「今から肝試しに行かねえ？」

芝生の丘には低い鉄柵があって、その向こうは完全に山だった。

背の高い木が生えていて、もちろん手入れも何もされていない。

「えー、アキ君どうする？」

優芽ちゃんが困ったように俺に言う。

行きたくない様子だが、ここで「俺も」と言うのは格好悪い気がして、とっさに「行こっか」と言ってしまった。

勝手に遠くに行くなよ、という親の言いつけを思い出したが、臆病者だと思われたくなかった。

「前にココ来たことある奴が見つけたらしくてさ、ビビって逃げたら財布落としたって」

「じゃあその財布見つかるかもな」

俺が言うと、裕也がさっそく柵をまたいだ。

手には懐中電灯を持っている。

俺も持ってたが、優芽ちゃんは持ってなかった。

「見つけたら山分けしようぜ！」

「いやいや返せって」

裕也が余裕たっぷりなので、俺も余裕が出てきた。

俺が柵をまたぐと、優芽ちゃんも後に続く。

高い木が多いからか、それほど足元の雑草は多くなくて、意外と歩きやすかった。

雑草が多いところは虫がいそうだから避けて、歩きやすいところばかりを行った。

すっかり暗くて夜の山って感じだったけれど、こっちは懐中電灯が二つもあるし、優芽ちゃんがずっと怖がっていたのもあって、それなりにワクワクする余裕があった。

そのときだった。

俺たちの足音に紛れる感じで、ざざ、って音が左の方から聞こえた。

たまたま俺はそっちの方向に懐中電灯を向けていたんだが、光の輪の中に、歩く人が見えた。

「あっ」

思わず声を上げる。

こんなところで人に会うなんて、予想もしていなかった。

しかもその人が、何というか、おかしかった。

リアルじゃないというか、人っぽいんだけど何かが違う。

上手く説明できないが、普通の人間なら髪が生えてて服を着てて……って感じで、場所によって質感の違いがあるはずだ。

だけどその人はツルッとしてるというか、全部同じ素材で作ったマネキンみたいに見えた。

「お、なんかいた？」

嬉しそうな声で裕也が振り返った。

優芽ちゃんを怖がらせると可哀想なので、あまり詳しくは言わないことにする。

「向こうに人がいたような気がしてさ。一瞬だったから見間違いかも知れないけど」

「マジで？　幽霊？」

「いや、足はあった」

「やめてよー、もう帰ろうよー」

案の定優芽ちゃんが怖がってしまった。

俺も正直怖かったので、このまま帰る流れに持って行こうと思った。

だけど、裕也は違った。

「じゃあほかにも来た奴がいるってことか？　先越されないように急ごうぜ」

「肝試しに先も後もないだろ」

「えー、ギャーギャー騒いでる奴らがいるとこに後から入るとか白けるじゃん」

何とかこいつを止められないのか、と考えたが、プライドが邪魔して怖いから帰ろうとは言えなかった。

「そう言えば、廃屋の場所知ってんのか？　夜に迷ったら大変じゃね？」

「そうだよ、とにかく帰ろうよー」

優芽ちゃんが俺に加勢する。

嬉しかったけど、裕也は退かなかった。

「何だよ、アキ怖ぇの？」

今思うと単純な挑発なんだけど、このときは乗ってしまった。

結局、その人影がいた方向に行こうってことになり、優芽ちゃんもここから一人で帰る方が怖いということで、三人で行くことにした。


またしばらく歩くと、人影を見たところよりももう少し先で、本当に廃屋を見つけた。

家と言うより山小屋という言葉がぴったりだ。

木造なんだけどぼろぼろで、屋根に草が生えている。

入り口は木造の引き戸で閉まっていた。

俺はまさか見つかるとは思ってなかった。

適当に探して、見つからないから帰ろうよって流れになると思っていたので、内心焦った。

どうにか優芽ちゃんがゴネてくれないか、なんて情けないことを考えたりした。

裕也は正反対で、それはもうノリノリになってしまった。

「マジでここだ！　迷わずに一番乗りできるとかかなりラッキーだよな！」

「そ、そうだな。財布どこだろ」

何で平気なのこいつ……。

俺が女なら惚れてたかもしれないけど、イラっとした。

ビビりのひがみだと分かってはいたが、とにかく怖くて、早く財布見つけて帰りたいとばかり考えていた。

優芽ちゃんは俺よりひどくて、ずっと無言だ。

「入ろうぜー」

裕也が入り口の引き戸へとすたすた歩いて行く。

懐中電灯で戸を照らしたまま、しばらく見入ってた。

「何？　入らねえの？」

「アキ、これ」

木で作ったぼろぼろの戸に、赤いペンキのようなもので何かが書かれている。

赤い目のような、いびつな円の中に塗りつぶされた小さな丸が書かれたものが、縦三列×横三列にわたってびっしり描かれてた。

「うわ、キモっ……」

その下には漢字に似ているけれど違う良く分からない字が、縦書きで書いてある。

「もう帰ろう！　裕ちゃん帰ろう！」

それを見た瞬間、もう優芽ちゃんは半泣き状態で裕也のシャツの裾を引っ張ってた。

「えー、せめて中調べてからだろ」

こいつメンタル強すぎじゃね？　と思いながら優芽ちゃんを応援した。

けど止める間もなく裕也がドアを開ける。

廃屋の割にはすんなりと、引っかかる様子もなくガラッと開いた。

「さ、財布あったか？」

「んー、どこだろ」

懐中電灯の光をあっちこっちに当てながら、裕也がずんずん入っていく。

その後ろを裾を掴んだままの優芽ちゃんが続いて、最後に俺が中に入った。

すごく汚いのを想像していたが、意外と綺麗と言うか、がらんとしていた。

正面奥には窓があったらしいが、ガラスが割れて四角い穴になっている。

床は板張りで、ぼろぼろのゴザや錆びた空き缶や木くずなどのごみが落ちていた。

汚い机がぽつんと真ん中に置かれている。

「ひゃあっ」

優芽ちゃんが声を上げた。

ぱた、ぱた、ぱた、と外から音が聞こえてきたのだ。

「大丈夫、雨だって」

俺が言うと、裕也が面倒くさそうに言った。

「嘘だろ、テント大丈夫かよ」

「予報では晴れになってたし、すぐ止むんじゃね？　それよりどうする？」

「んじゃ止むまで待とうぜ。まだ調べてねえし」


小屋の屋根や木々に降る雨のリズムが、パタパタパタパタ、と早くなった。

ここにいたくはないが、入ってしまったからか恐怖も和らいできたし、濡れるのは嫌なので、裕也に従うことにした。

二本のライトで小屋を照らしてみる。

掘っ立て小屋という言葉がぴったりの簡素な作りだ。

ただ四隅、四角形をした小屋の四つ角に、それぞれ変な落書きがされていた。

「裕也、あれ……」

照らしながら近づいてみる。

入り口に書いてあったものと似ていた。

赤い目のようなものが左右にびっしりと描かれている。

戸に書かれていたものよりは書きなれていないし、ずいぶん新しいように思えた。

あまり規則的でない感じもする。

「随分気に入ってんだな、これ」

呆れたように裕也が言う通り、四隅とも同じ絵柄だった。

「なんか意味あんのかな？」

光を壁沿いに滑らせる。

そして中央の机を照らしたとき、何かが上に乗っているのが見えた。

「財布か？」

照らしながら近づく。

財布じゃなかった。

ノートの一枚らしき罫線の入った紙で、それを人型に切り抜いたものだった。

しかも、細い赤ペンか何かで、壁と同じ赤い目が一面に描かれている。

つたないというか、形があんまり綺麗じゃなかった。

五ミリくらいの小さい目が、皮膚病のように、頭から足先までびっちりと書き込まれている。

「きゃっ」

いつの間にか後ろからのぞき込んできていた優芽ちゃんが小さく叫んだ。

裕也がすたすたと近づいて、その紙をつまみ上げようとした。

「あっ」

人型の紙の背中部分だけが何かで机にくっついてたらしく、ピリッと音がして剥がれた。

裏を返すと、文字の上に赤黒い染みがついている。

「なんかの汁?」

机もかなり朽ちていたので、汚いな、とばかり考えてた。

けど、初めて裕也の顔色が変わった。

今まで余裕って感じで楽しんでたのに、紙の裏を見た瞬間、愕然としたみたいな顔で固まった。

「何だよこれ……」

怒ったような低い声だ。

紙の裏に書かれていたのは人名のようだった。

戸に書かれてた変な文字じゃなくて、普通に俺でも読める漢字だ。

「〝戸塚裕也〟……」

すぐにはピンと来なかった。

ずっとユーヤとしか呼んでなかったからだ。
でも横にいた優芽ちゃんの息を呑むような音で、鈍い俺でもようやく気付いた。
「……これ、お前のこと？」
「くそっ、誰だよ気持ち悪ィ」
ガンッと大きな音を立てて裕也が机を蹴り上げた。
不安定だったそれはすぐにひっくり返って横倒しになる。
もわもわっとホコリが舞い上がった。
思わず顔を背ける。
二人も同じだったらしく、わずかな間というか、一瞬静かになった。
その時だった。
――ぴしゃんぴしゃん。
平べったいものが地面を叩くような、歩くような音が、外から聞こえた。
「……聞こえた……？」
優芽ちゃんが怯えた目で俺に訊いた。
返事をせず、耳を澄ます。
また、ぴしゃんぴしゃんと聞こえてきた。

「……誰か、いる？」

呟くくらいの小さな声で言った。

歩くような音なので、すごく小さい。

気付いたのは今だけど、もしかしたらさっきから誰かが外にいたのかも知れなかった。

「いやあっ！」

耐え切れないように優芽ちゃんが叫んだ。

それに反応したように、外の足音がぴたりと止まる。

毛穴がぶわっと開くような気がした。

「大丈夫、兄ちゃんがいる」

裕也が優芽ちゃんの肩をぽんと叩いた。

みんなで身を寄せ合って、倒れた机のそばにしゃがみ込んだ。

さっき見た、ほかの肝試しの人たちかも知れないし……。

何とかそう思い込もうとしたとき、外から声が聞こえた。


「▽＊％×○ですか～？」

最初の方が良く聴きとれないが、最後の『ですか』という上がり調子の語尾で、疑問形であるということだけは分かった。

男か女か分からない、だらしがないというか、小馬鹿にしたような声だ。

「誰か助けに来たのかな」

ちゃんと人の言葉が聞こえたことで俺は少し安心していた。

ほっとしながら話しかけると、裕也は四メートルほど先にある、あの壊れた窓のあとをじっと見つめてた。


「▽＊％×○ですか～？」


もう一度外の人が喋った。

再び、ぴしゃんぴしゃんという足音が響く。

声は小屋沿いに、窓の方に向かって移動してた。


「▽＊％×○ですか～？」

なんかおかしい……と、俺はうっすら思い始めた。

最初の方が相変わらず聞き取れない。

やたら間延びした声のくせに、抑揚からスピードまで、何もかもが一回目と同じだった。

レコーダーに録音した声を何度も再生してる感じ、と言えば伝わるだろうか。

優芽ちゃんが、ガクガクと震えながら口を押さえている。


「▽＊％×○ですか～？」


ついに窓に人影が見えた。

外は暗いが、シルエットだけは分かる。

大人くらいの背の高さがあった。

歩き方が、普通じゃない。

かっくんかっくんと、歩くたびに頭が上下した。

不自然で、左右の足の長さが違うのかなと思ってしまうような歩き方だ。


「▽＊％×○ですか～？」

そして、ぴたりと窓の前で止まった。

前を向いていた頭がぐりんと俺たちの方を向く。


「▽＊％×○ですか～？」

「▽＊％×○ですか～？」

「▽＊％×○ですか～？」


全く同じ声が繰り返す。

足に力が入らなかった。


明らかに俺らに気付いてて、俺らに向かって言っている。

喉の奥で悲鳴になり切れない声が出た。


――どうしよう。どうしよう。

目を離せないまま震えていた時、ぱっとそいつの顔が照らされた。
裕也が懐中電灯で照らしたのだ。

「ぎゃあっ！」

裕也も驚いてライトを放り投げてしまった。

一瞬だったが、見えたのだ。

人型をしてはいたが、そいつは全身が灰色だった。
しかも目は、明らかに人間じゃない、まぶたがなくて真ん丸の眼球が露出したままの『魚のような目』だった。
位置もでたらめで、左目は頬近くまで下がっているくせに右目はかなり真ん中よりの額に付いていていた。

喋っているあいだ、顎の下辺りにある長い切れ目が口のように蠢いていた。

「▽＊％×○ですか～？」

横から、温かい水しぶきが足にかかった。
優芽ちゃんが漏らしたらしい。
それに何も感じなかったし、むしろ俺も漏らしそうだった。

裕也が放り投げたライトは光ったまま床に落ちて、窓際はまた暗くて見えなくなった。
でも、まだそこにいる。
歩くのをやめて、頭を前後にゆらゆら揺らしていた。

「▽＊％×○ですか～？」

聞き取れない言葉を繰り返した。
何度言われても全然分からない。
しかし、いきなり裕也が切れたように叫んだ。

「知るかよそんな奴っ！」

えっ、と裕也の顔を見た。

「分かったのか……？」

思わず声をかけると、裕也も「えっ」みたいな顔をした。

そして優芽ちゃんが言った。

「裕ちゃん、聞き取れたの……？」

——ああ、分からなかったの俺だけじゃなかったんだ。

裕也は愕然とした顔で、俺たちに言った。

「何度も言ってるだろ……ヒデノリですかって……」

心臓がきゅうっと縮みあがった。

頭がぐらぐらして気を失いそうになる。


ヒデノリって、俺だ。

秋山秀則で、ヒデノリだ。


「ひ、あ、あ……」

口まで震えて喋れない。

すると背後で、馬鹿みたいに同じセリフばっかり言ってた『それ』が、急に黙り込んで動きを止めた。

そして、裕也が唐突に言った。

「みぃぃつけたぁぁぁ」

さっきまで普通だった目を見開いて、にいっと笑って、確実に俺を見据えてた。

イントネーションのおかしい、ねっとりした口調だ。

嬉しさを我慢できないみたいに身体をゆすり始める。

「うわあああああああっ」

思わず突き飛ばした。

裕也がごろんと後ろに転んだすきに、とっさに優芽ちゃんの手を掴む。

「痛っ！」

優芽ちゃんがその場から動かないので、振り返った。

ニヤニヤしたままの裕也に足を掴まれている。

「裕ちゃん、痛い、痛いよー」

「離せよっ！」

二人で叫ぶが、ニヤニヤしたまま手を離さない。

ずっとブツブツ言っているが、不明瞭と言うか、電波があっていないラジオのようだった。

「見つけ▽＊ひで％×○でぇすくぁああ※ぎぎ」

優芽ちゃんが泣きながらその手を剥がそうとする。

しかし凄い力らしく、掴まれたところの皮膚から血が滲んでいた。

パニックになって、裕也の手を足で踏んだ。

するとあっさり剥がれる。

助かった、と思った瞬間、今度はもう一つの手が俺の足を掴んだ。

「離せったら！」

「みつけたみつけたみつけたみつけたみつけたみつけたみつけたみつけたみつけ

たみつけたみつけたみつけたみつけたみつけたみつけた」

よだれを垂らしてケタケタ笑う裕也が怖くなって、思い切り頭を蹴った。

今思うと凄く申し訳ないんだが、そのときは必死だった。

さすがに手の力が緩んだので、その隙に振り切って逃げる。

優芽ちゃんの手を取り、戸をくぐって外に出て、何が何でも足だけは止めないようにと走りまくった。

優芽ちゃんは未練があったのかあまり早く走らず、それを強引に引きずる形になってしまった。

あとから思うと痛かったかも知れないが、そのときはとにかく必死だった。

無我夢中で逃げて、山を抜けて、キャンプ場へと戻る。

その頃には俺たちがいないっていうんで、T広場の管理人さんまで一緒に探したりするために出てきていた。

大人たちはびっくりして、最初は喜んでたけど、すぐに裕也がいないことに気付いて訊いてきた。

優芽ちゃんはわあわあ泣いてて喋れる状態じゃなかった。

俺も大差なかったけど、歯をがちがち鳴らしながら、かなりの時間をかけて今あったことを話した。

「何言ってるの、本当のこと言いなさい！」

案の定俺のお母さんが泣きそうな声で怒鳴った。

優芽ちゃんの両親も怒ったような顔で俺を睨んでる。

それも当然だと思う、俺だって同じことを言われたら絶対信じられないだろうから。

だけど、管理人のおじいさんだけは違った。

「今すぐ手配せなあかんな」

それからスマホでどこかに連絡して、救援依頼をしていた。

しばらくして通話を終わると、くるっと俺の方を向く。

「なあ兄ちゃん、初めてか？　『それ』に会ったんは」

「え？　あ、あんなの初めてです……」

そう言ったあと、ふと昼間のことを思い出した。

「あ。でも、お昼にM湖に行ったときに変な魚がいて……」

「どんな魚やった？」

「のっぺりしてて粘土みたいで、あの、質感とかはさっきの化け物そっくりで……」

ああ、とおじいさんがうめき声みたいなため息をついた。

「そうか。んじゃ、兄ちゃんが呼んできたんやな」

「え……？」

俺はさっぱり訳が分からないが、この管理人のおじいさんが言うにはこういうことらしい。

「水場には霊が溜まりやすい。特にあの湖は海から流れて来たんが溜まりやすい形になっとる。おそらく兄ちゃんが見たのもそういう奴や。しかも、いろんな良くないもんが一緒くたになって、ひとつの形を取った奴や」

あれは、魚ではなかったようだ。

「兄ちゃんの場合は、偶然二つの悪条件が重なった。ひとつは『それ』の存在に気付いて『それ』にも気づかれたこと。もう一つは『それ』がいるときに、おそらく両親やろうが、名前を呼んだこと」

「名前がなんの関係があるんですか」

「兄ちゃんを認識できるようになった。『それ』は見ただけじゃなかなか憑けん。けど、名前が分かりゃ別や。たとえ苗字が分からんでも、取っ掛かりくらいにはなる」

俺は両親には「ヒデノリ」と呼ばれていた。

オッサン臭いから好きじゃないので、裕也と優芽ちゃんに自己紹介したときは、「秋山だからアキって呼ばれてる」と言ったのだ。

「その程度なら害はない。憑いたといっても遠くから見るくらいが関の山や。兄ちゃんが言ったようなことをできるほどの力なんかない」

「でも、実際に……」

「そこに、もひとつ悪条件が重なったんや。分かるか？」

つばを飲み込んで考える。

「あの、山小屋の変な落書きですか……？」

「どこの奴か知らんが、嫌なもんを描いてくれた。しかも紙にまでやりよったらしいな」

「ノートを使ってたヒト型のやつですよね。何なんですか、あれ」

「まず断っとくが、小屋の中の四隅に描いた奴と、外に描いた奴は別や。元々は小屋の外の戸だけに描いてあっただけなんやが」

「あれは何なんですか？」

「見ての通り、目や。戸に描かれてたんは拡散装置やと思えば良い。小屋の中に溜まらんように、悪いもんを外に散らす意味合いがあった」

「じゃ、中のは……」

「逆や」

おじいさんは言い切って、皺だらけの顔をさらにしかめた。

「中に呼び込もうとしたんやな。目の中心にカタシロまであったんやろ？　お友達の名前まで書いて」

「はい……戸塚裕也って……」

「兄ちゃんが湖から連れてきたもんが、あそこでさらに厄介なのと混ざった。あいつらはな、真似るんよ。兄ちゃんたちを見習って、だんだん自分を兄ちゃんたちに近づけるんや。そういうのをここらでは『ぼうらぎ』と言っとる」

「ぼうらぎ？」

「ほかんところではまた別の名前があるらしいけどな。どこぞの子供が呪いの真似事したつもりが、ほんまもんになってもうた。運が悪かったんや」

そこで、しびれを切らしたように裕也のお父さんが怒鳴った。

「あんたな、さっきからいい加減なことばっかり……頭おかしいんじゃないか！」

「信じる信じないは人それぞれや。あんたらに信じろとは言わん」

「嘘ついて子供だましてる暇があったら今すぐ助けに行けよ！　人の命が掛かってるんだ

ぞ！」

おじいさんに噛みついていたが、俺の両親がなだめたり止めたりしていた。

裕也のお母さんはそれどころじゃないらしく、ずっと泣いていた。

裕也父はかなり興奮していて怒鳴りっぱなしだったけど、おじいさんは耐えるように無言で受け止め続けていた。

そして裕也父が疲れたのか少し静かになった頃、こう言った。

「そこまで言うなら、何でここ来たんや。あんたも地元民やから、少しは知っとるやろ」

良く分からないが、裕也父が初めてひるんだ。

「ぼうらぎを信じんかったとしても、あの事件のあった小屋に子供が近づかんようするのは親の役目とちゃうんか。なあ」

その一言で、裕也父はうつむいて歯を食いしばり、こらえきれないように泣き始めた。

あの小屋で何があったかは分からない。

だけど俺は、キャンパーが少ないのには理由があったんだな、と思った。


その後、暗い中で捜索が始まった。

俺たちはキャンプどころじゃなくて、裕也のお母さんや優芽ちゃんを励ましながら管理事務所で過ごさせてもらった。

夜明け前に、裕也は見つかった。

報せを受けた管理人のおじいさんは、スマホを耳に当てながら俺に言った。

「兄ちゃんたち、はよ帰れ」

「でも、裕也見つかったんですよね？　なら……」

「尚更や。聞こえんのか」

スマホを耳から外して、俺の方に突き出す。

受け取ろうとしたとき、電話の向こうから裕也の声が聞こえた。

「みつけたみつけたみつけたみつけたみつけたみつけたみつけたみつけたみつけたみつけたみつけたみつけたみつけたみつけたみつけたみつけたみつけたみつけた」

麻薬でも打ってるんじゃってくらいに喜んでいた。

思わず叫び、後ろに転ぶ。

おじいさんは通話を切って、俺の目をじっと見た。

「これから気ぃ付けえよ。あの子のおかげでぼうらぎはもっと真似が上手くなりよった。兄ちゃんのこと、まだ諦めてはおらんぞ」

それから、はよ行け、と言わんばかりに顎をしゃくった。


車に乗って、そのままT広場を後にした。

幸運にもと言って良いのか分からないが、俺は無事だ。

もともと地元民じゃないし、裕也とのつながりもあのキャンプきりで終わった。

ただ、俺の母親がひどく裕也母に同情していて、捜索中に連絡先を交換したらしい。

そのせいでしつこく連絡が来るのだ、と参っていた。


裕也は、あれから精神的に病んでしまったらしい。

ニタニタ笑いながら俺の名前ばかり繰り返すので、ぜひ見舞いに来てくれとのことだ。


そして、優芽ちゃん。

母親同士のスマホで、電話越しに話した。

双子の兄がこんなことになってすごく落ち込んでいると思ったが、思ったよりも大丈夫そうだった。

「久しぶりだね。アキ君は元気？」

探るように当たり障りのない話をしたあとで、優芽ちゃんがこんなことを教えてきた。

「そうそう。裕ちゃんに嘘ついた人、分かったよ」

最初は何のことか分からなかった。優芽ちゃんが言うにはこういうことらしい。

「あいつがお財布を落としたっていうの、嘘だったの。裕ちゃんのこと逆恨みしてて、あの気味の悪い小屋に呪いの紙人形を置いて、お財布の話でおびき出す作戦だったんだって。アキ君がいなければ、成功しなかった作戦だったんだけど」

「ごめん……」

「ううん、別に責めてるわけじゃないよ。気にしないで」

その口調が作ったように明るくて、何だか妙な感じがした。

「あと、おじさんが言ってた事件のことも分かったの。あの小屋ね、昔、人が死んだんだって。別のところに住んでた変質者が誘拐してきた子と一緒にあの小屋まで逃げてきて、無理心中して死んだ、ってやつらしいんだけど」

「そ、そうなんだ……」

「だから、子供ばっかり『呼ばれる』んだって」

何でそんなこと話すんだろう、と思う。

俺の中ではもう済んだ話だった。

薄情なようだけど、できれば思い出したくないというのが本音だ。

「ねえ、またこっちに来ることってある？　アキ君と遊びたいな」

「そうだなー、またいつか」

話の先が見えない不安とは別に、優芽ちゃんにそう言って貰えたことの喜びも感じた。

だけど、すぐにそれは間違いだったと気付く。

「――ところで、ヒデノリってどういう字なの？」

スマホを落としそうになった。

反射的に通話を切って、不審そうな顔をしている母親に返す。

そして、もう絶対に連絡を取るな、俺の名前を教えるな、と言った。

気付いてしまった。

やっぱり、優芽ちゃんは俺を恨んでるのだ。

『戸塚裕也』と書かれたヒトガタを思い出す。

あれから逃げるように戸塚家との連絡は断ったけれど、今でもぼうらぎのことを考えて眠れなくなったりする。

そして優芽ちゃんは、俺のフルネームを調べ上げてあの小屋にヒトガタを置いたのだろうか、と気になっている。

お願いメール

星住宙希

お願いします。助けてください。

このメールを六人に送らないと、私に災いが訪れるそうです。

これは、死の宣告メールと言うものらしいです。

六日以内に、同じ内容のメールを誰かにお送り下さい。

そうしなければ、私には不幸な死が訪れることになります。

これと同じものを見せてきた友人は、このメールを止めたために原因不明の死を遂げました。

他にも同様の災いで亡くなった人を知っています。

私はまだ死にたくありません。

あなたには冗談に思えても、私にとっては切実な問題です。

ですから、どうかこのメールを止めないでいただきたいと思います。

話のネタでも何でも良いです。

とにかく誰かにメールを送ってください。

最後になりますが、あなたがメールを送ってくれなければ私は死ぬことになります。

その時は私はあなたを恨むことしかできません。

どうか私を助けると思ってメールを送ってください。

メールを送ってもあなたには不幸は訪れません。

どうか、メールを送ってくれることを心からお願い申しあげます。


それが、いきなり教室で友人A子に見せられたメールだった。

「何これ？」

私は友人B子と顔を見合わせてから笑い出す。

見せたA子も半笑いだ。

「これちょっとキモイよね。いきなり『お願い』って題名で入っててさ、差出人が中学の頃の友達のメアドだったから開いてみたらこれよ。思わずキモイメールよこすなってメールしたら、即電がかかってきて、何か必死にメールを送ってくれって泣きつかれちゃった」

少し疲れた表情なのは、その電話のせいだろうか？

「ていうかさ？　これってお爺ちゃんが昔流行ってたって言ってた不幸の手紙じゃないの？　都市伝説の一種の。かなりアナクロだよね」

私の指摘にB子がわざとらしく相槌を打つ。

「あ〜、何か聞いたことがある。確か同じ手紙を沢山の人間に出さないと不幸になるってやつ」

「そう、それ。でも、この文章って何か変なんだよね。これ、メール出さなくても私自身は関係無いのよ。死ぬのは差出人だから」

A子に言われて文をマジマジと読み返すと、確かに死ぬのは自分だと書かれている。

「何これ？　それじゃ、A子が無理にメール出さなくても良いってこと？」

「そう言うこと。私には被害がないの。脅しになってないよね？　あの子が何であそこまで必死なのか意味わかんない」


その時はA子はケラケラと笑っており、私とB子も同じように笑っていた。

でも、一週間後、深夜に急に私の元にもメールが届いた。

お願い助けて。

差出人はA子だった。

その後、何度もA子から電話があったが、その時は疲れておりそのまま寝てしまった。

翌日、学校で血相を変えたA子がにじり寄ってきた。

「何で電話に出ないのよ！」

怒り心頭の顔に思わず数歩下がる。

「どうしたのA子？　ちょっと顔が怖い」

「昨日電話したでしょ！　メール見てくれた⁉」

「まだ見てないけど、前見せてくれたメールと一緒じゃないの？」

「そうよ！　前のと一緒よ！　なら用件は分かるでしょ？　すぐに誰かにメールして！」

クマのできた顔はやつれており、別人に思えてくる。

私は訳も分からない迫力に負けて、メールをB子に送信した。

「どうしたのA子？　急に怖い顔をして？」

A子は少しは落ち着いたのか、近くの椅子に座ると背を深く沈める。

「前、私にメール寄越した中学の友達の話をしたよね？」

「うん？」

「あの子、死んだの」

「……そうなんだ」

確かにあんなメールを見せられた後に、本人が死亡したと言われれば、冗談だったとしてもあのメールの内容が気になってくる。

送っておけば問題ないのだから、迷信でもメールしておきたくなる気持ちは分かる気がした。

「まあ、メールは送ったから一安心じゃない」

そう言うとA子は深い溜め息をついてから携帯を机に置いて見せた。

「メールが来るの。あの子から」

「うん？」

言っている意味が良く分からずに、スマホの画面を見ると、そこには宛先人不明のメールがぎっしりと入っていた。

送信日は昨日である。

「何これ？」

思わず首を傾げる。

新しい悪戯メールだろうかと、ぼんやり考える。

題名には、何故メールをしてくれなかったのなど、恨みつらみばかりが書かれていた。

「何これ？　悪戯にしては酷いよね？」

「このメール、何でか着信拒否にできないの。それも、スマホの電源を切っても何故か表示される。何でかな？　何でかな？」

そう言いながら、歪《いびつ》に笑うA子に何か悪寒を感じた。

理由は分からない、何か生理的に嫌な予感がしてならない。

「と、取りあえず、学校が終わったら携帯ショップに寄っていこうよ。壊れてるとか、メールが遅延で遅れて来てるだけかも知れないし」

そう言うと、A子は少しは落ち着いたのか、自分の席に戻っていった。

その後、A子は体調を崩して早退してしまった。

それからA子は学校にも来ず、見舞いに行っても気分が悪いとの事で会えなかった。

そして、一週間後の早朝、ホームルームで先生からA子が亡くなった事を聞いた。

昼休み、B子とA子のお通夜の話をしていると、思い出したようにお願いメールの話題があがった。

「そう言えばさ、A子からあのキモいメールが来てたんだけど、そっちには来てた？」

「うん、何か凄い剣幕でメールしろって言われて怖かったよ。そう言えば、焦ってメールしたからB子に送っちゃってゴメンね」

その言葉にB子は顔に疑問符を浮かべた。

鞄から携帯を取り出すとチェックを始める。

「いや、来てないよメール？　宛先間違わなかった？　ほら、私携帯壊したじゃん」

そう言われて自分の送信ボックスを開く。

それを見て思わず声を漏らした。

「これ、B子の前のアドレスだった」

B子が携帯を壊したのはつい最近だ。

それを機にB子は携帯会社を変えたのを思い出す。

電話番号は変わらなかったが、メールアドレスは変わってしまったのだ。

「普段はラインしか使わないもんね。そう言えば何でメールなんだろ？」

B子の声が何故か遠くに感じた。

私はメールを出し忘れたのだ。

茫然としている間に時間は瞬く間に過ぎた。

A子のお通夜が土曜日になったと伝えられて、それを上の空で聞いていた。

(私がメールを出し忘れたから、死んだなんてないよね？)

顔を引きつらせながら携帯を確認する。

結局あれ以来、A子のメールは未開封のままだった。

家に帰ってから、恐る恐るメールを開く。

文面はほぼ前の内容と同じだった。

ただ、メールが二通届いている事に驚く。

二通目を空けるのを一瞬躊躇したが、思い切って開封することにした。

『メールを見たらすぐに誰かにメールを出して。死んだ中学の同級生の話なんだけど、彼女はノイローゼだったらしいの。死んだ級友から毎日メールが届くって。その内、家をいきなり飛び出した後、何故か〝公園で水死体で発見された〟らしいわ』

「何……これ？」

長い文はまだまだ続くようだった。

ゆっくりとスクロールして次の文章に目を通す。

『書いている私も意味が良く分からない。とにかく、彼女は公園で溺死していた。そして、私の携帯に死んだはずの彼女からメールが届くの。だからお願い。とにかく誰かにメールを出して。出さなかったら、許さない』

そこで文章は終わっていた。

しばらく呆然としていると、突然着信音が鳴り響いた。

思わず携帯を投げ出す。

「何なのよ！」

私は怖くなって携帯を置いて部屋を飛び出した。

無性に誰かに話をしたくなったが、父は出張。

看護師の母は夜勤が入っていて今日は誰もいないことを思い出す。

気分を一新するためにも、コンビニに夕飯を買いに行くことに決めた。

外は闇に包まれている。

夜七時近くでは仕方がないが、街灯が辺りを照らしてくれている。

私は最寄りのコンビニに早足で向かうことにした。

十分足らずでコンビニに着き、三十分ほど立ち読みしてからファッション雑誌と弁当、スイーツを購入して外に出る。

コンビニには今時珍しく電話ボックスが付いていた。

携帯時代に珍しい。


すると、いきなり電話が鳴り始めた。


驚いて身体を強ばらせてから周りを見回す。

辺りにはどうしたわけか人っ子一人いない。

まだ、時間的には宵の口なのに。

電話が鳴っているというのに、コンビニの店員は出てくる気配がない。

まるで自分以外にベル音が聞こえていないようだ。

私は恐る恐る電話に手を伸ばした。

取る必要性はない。

取る意味もない。

しかし、何か言い知れぬ脅迫観念のようなものが、腹の底から溢れ出してくる。

私は半ば無自覚で受話器を取り上げていた。
何かボソボソと小さい声が聞こえる。
声が小さく、ノイズ混じりで良く聞き取れない。
「何だかな〜。故障？」
私はそのまま受話器を耳から離すと、ぞんざいに戻そうとした。
その時。

『何でメールを出してくれなかったの』

A子の声がはっきりと耳に届いた。
「ひいっ！」
私は思わず受話器も、手にしたビニール袋も放り出してその場を駆け出した。
すると、いきなり街灯の明かりが次々に消えていく。
訳も分からずに、私は半泣きで家に逃げ帰った。
全力疾走をしたのはいつ以来か？
運動不足が祟って呼吸が整わない。

私は荒い息のまま部屋に駆け込んだ。

「何なのよ全く」

悪態をついてベットに寝転ぶ。

六畳の部屋には勉強机とベット、後は本棚だけだ。

落ちているスマホは嫌でも目に付く。

明滅する光はメールを知らせるものだった。

さっきの事で失念していた、携帯電話の話がゆっくりと頭に浸透していく。

私は冷や汗で急激に体温が下がっていくのを肌で感じた。

生唾を飲み込んでから、ゆっくりとベットから身体を起こす。

震える手を無理やり突き出した。


手に取ったスマホには宛先人不明の着信履歴が数百件あると表示されていた。

死んだはずの人間から、メールが来るという話を思い出す。

「ま、まさか……」

震える手でメールを開くと、そこには――

『何でメールを送ってくれなかったの？』
『何でメールを送ってくれなかったの？』
『何でメールを送ってくれなかったの？』
『何でメールを送ってくれなかったの？』
『何でメールを送ってくれなかったの？』
『何でメールを送ってくれなかったの？』
『何でメールを送ってくれなかったの？』
『何でメールを送ってくれなかったの？』
『何でメールを送ってくれなかったの？』
『何でメールを送ってくれなかったの？』
『何でメールを送ってくれなかったの？』
『何でメールを送ってくれなかったの？』
『何でメールを送ってくれなかったの？』
『何でメールを送ってくれなかったの？』
『何でメールを送ってくれなかったの？』

『何でメールを送ってくれなかったの？』
『何でメールを送ってくれなかったの？』
『何でメールを送ってくれなかったの？』
『何でメールを送ってくれなかったの？』
『何でメールを送ってくれなかったの？』
『何でメールを送ってくれなかったの？』
『何でメールを送ってくれなかったの？』

ぎっしりと並ぶ表題が映し出されていた。
私は再び携帯を落とすと、その場でガタガタと震えていた。
思考のキャパシティーを越えた状況に、何をしていいのか分からなくなったからだ。
今思えば軽いパニック状態だったのだろう。
次に取った行動は、携帯を拾うと窓の外に投げ捨てるという行為だった。
窓を閉めるとすぐさまベットの中に隠れる。
後は震える身体を抱きしめて夜を過ごした。

恐怖から一睡もできなかったが、朝まではどうやら精神はもったようである。

私は携帯が近くにある家を恐れ、逃げるように学校に向かった。

学校に着いたらすぐにB子に相談をしようと心に決める。

彼女の元にもA子からのメールが届いている可能性は高い。

昼には夜勤明けの母が家に帰ってくる筈だ。

とにかく全てを話して助けを求める事にした。

携帯を持っていたのならば、先生にそれを見せて相談するのも良かったかもしれない。

しかし、今の私に携帯を拾ってくる根性はなかった。


早々と学校に到着した私は、やきもきしながらB子が登校するのを待った。

しかし、朝のホームルームの時間になってもB子は教室には現れない。

その理由は、教室に訪れた先生により語られた。

「B子はご家族に不幸があったので、当分学校を休むことになった。A子の事もあるが、皆は気を落とさないで勉学に励んでくれ。こちらも今後の予定が分かったら皆に報告する」

死刑宣告にも似た報告を受けて、私は茫然自失となった。

その日は勉強に全く身が入らず、置物のように一日を過ごした。

放課後になってようやく停止していた頭が動き出す。

こんなに立て続けに不幸があるだろうか？

B子自身に不幸があった訳ではないので一安心に思えたが、その身内に不幸があったのは偶然なのか？

疑心暗鬼になった私は、もしかしたらB子も家族にメールの相談をしたのではないかと仮定する。

（もしかしたら、メールの内容をメール以外で詳しく話すと……不幸が訪れる？）

恐怖が膨れ上がり、私は正常な判断ができなくなっていたのかもしれない。

私はメールの内容を母に話していいのか分からなくなった。

話を告げて、母がもし死んでしまったら？

暗中模索をしながら教室を出たところで、担任が私を呼び止めた。

「お前、携帯落としていたらしいな？　親切な生徒がそれを見つけて職員室に届けてくれたぞ？」

そう言いながら、担任はズボンから携帯を取り出した。

ワインレッドのスマートフォン。

背面にデコレーションした模様は確かに私のものであった。

「何でここに？」

一気に血の気が引くのが分かる。

「このデコ付きスマホはお前のだよな？」

差し出された携帯を思わず払い落とす。

「違います！　それは私のじゃありません!!」

そう叫ぶと私は逃げるようにその場を駆け出す。

そして、その日は昨日と同じようにベットの中でほぼ夜を過ごしてしまった。

次の日、携帯のある学校を恐れて私は仮病を使った。

明日はA子のお通夜だが全く足が動きそうになかった。


今までの疲れからか、私はベッドでそのまま寝てしまった。

母が何度か声をかけてくれていたような気がするが、微睡《まどろ》んだ頭はそれを良く覚えていない。

どれだけの時間が経ったのだろう。

そんな私の意識を、いきなり覚醒する事が起こった。
ブルブルと震える音が微かに聞こえてくる。
そして、続く着信音。
私の意識は一気に覚醒した。
ベッドから飛び起きると、机の上に置かれた携帯電話を見て目を剥く。
いつの間にか携帯が机に置かれていた。
点滅する明かりはメールの着信カラーだ。
私は布団をかぶると小さく縮こまる。
(何で？　何で携帯があるの？　寝ている間に誰かが持ってきた!?)
布団の中であれこれと考えるが答が出る筈もない。
私は意を決して携帯を壊すことにした。
携帯さえ無くなれば、メールが届かないだろうという安直な考えだ。
ベッドからゆっくりと抜け出すと、恐る恐る携帯を掴む。

携帯を壁に叩きつけようとした瞬間、着信音が鳴り響いた。

メールではない。

電話の着信音である。

いきなりの音に、私はびっくりして投げつけようとした姿勢で固まってしまった。

鳴り続ける携帯をゆっくりと目の前に戻すと、着信音名にはA子の名前が表示されている。

鳴り響く着信音。

どれだけの時間が経ったのだろう。

私は生唾を呑み込むと、震える指先で受話器のマークをタップした。

『どうして私を無視するの？　酷いよね？　酷いよね？　あなたのせいで、私は○○ちゃんに追われる事になったのに？』
○○ちゃんの名前が頭に入ってこないが、中学の同級生の名前だということは分かる。
『あなたがメールを出してくれなかったから、私は私は私は私はワダシハわたしいはわたしは……』

永遠と続く声に私は平謝りをした。

とにかく、言い訳をしないではいられない。

「ごめんA子！　私はメールはちゃんとB子に送ったの！　送ったのよ！　ただ、B子の古いアドレスに送ってしまったの！　悪気はなかったのよ！」

悲鳴に近い声で平謝りを繰り返す。

とにかく、悪意がなかった事をひたすらに訴える。

『メールは……送ってくれていた。送ってくれたの……B子に……』

A子の声の圧迫感が緩んだような気がした。

ここしかチャンスが無いと、何故か私はそう思った。

「本当よ！　何なら携帯の送信履歴を見ればいい！　私は送ることは送ったのよ！」

『なら、送信履歴を見せて』

その声に私は無意識に携帯のホームボタンを押すと、すぐにメール機能を開いた。

電話が切れる可能性など考える余裕はない。

メールの送信履歴には、確かにB子宛てにメールを送った履歴があった。

受信欄には、多分メールが届かなかった返信メールが来ているだろうが、送った事だけは確かである。

私は必死にその画面を見つめていると、背後から――

『本当だ。〝映っている〟』

と言う声が聞こえた。

私はいつの間にか背後に誰かがいる気配を感じて硬直した。

部屋の間取りから、後ろには窓がある。

気配は明らかに真後ろだ。

私は冷や汗がだらだら落ちるのを感じながらも、後ろを振り向けないでいた。

見たら取り返しのつかない事になるような恐怖が胃からせり出してくる。

『分かった。分かったよA子。多分、その事を○○ちゃんに話したら許してくれるかもしれない』

そう声がすると、背後の気配は何故かふと消え去った。

いつの間にか切れたらしく、電話の表示は通話終了になっている。

私はそのまま、数分、あるいは数時間かもしれないが、その場でずっと固まっていた。

自分の心臓の鼓動が耳に付くようなぐらい静かになってから、私はゆっくりと背後を振り返る。

目の前の窓はいつの間にか開いており、窓にはべったりと血で作られた手形が張りついていた。

私は胃が逆流するような苦しみが溢れ出し、嘔吐しながら気を失った。

気がついた時には病院のベッドの中だった。

部屋で倒れていた私を見つけた母が救急車を呼んだらしい。

丸一日寝た後、ようやく私は意識を取り戻したそうだった。

今、ちょうどA子の葬式が行われているらしい。

やはりA子が死んだのは本当だったのだ。

ならば、昨日現れたA子は？

私はその事を深く考えるのはやめにした。

入院中、母に頼み込んで携帯電話を解約してもらった。

代わりに別の会社の青いスマートフォンに乗り換える。

もう、以前の携帯は見たくもない。

さすがに、携帯を変えたおかげか、A子からのメールは一通も来ていなかった。

安堵に胸を撫でおろす。

自分は悪い夢でも見ていたのだと言い聞かせる。

落ち着いたら、母にこの不思議な話をしようと思いながら、携帯をベッド横の備え机に置いた。

するると、携帯が小さく震えだした。

初めからバイブ設定でもされたのかと疑問に思いながらも手に取ると、メールの着信があったと記載されていた。

宛先人を見るとB子と書かれている。

「そう言えば、B子は大丈夫だったのかな？」

私はホラー好きのB子に起こった事を話して聞かせてやろうと思いながら、メーラーを開いた。

そこに書かれた表題を見て、私は一瞬で血の気が引いていくのを感じた。

そこには、

『お願い。たすけて』

と、書かれていた。

妄執の家

橘 伊津姫

高校生の時、一人暮らしをしている友人がいた。

彼女とは小学生の頃から友人で、別々の高校に行ってからも時折、連絡を取り合っては遊びに行く間柄だった。

中学の時、彼女のお母さんが病気で亡くなって、うちに彼女が泊まりに来る回数が増えた。あまり多くを語りたがらなかったが、家に居たくないらしく帰る時は浮かない顔をしていた。

その理由は高校入試を控えたある日、誰の目にも明らかになった。

彼女のお父さんの再婚。しかも詳細を聞くと、まだ二十代後半のその女性はどうやら、お母さんが病床に就く前から彼女のお父さんと付き合っていたらしい。

いわゆる『不倫』だ。その事実を知ってしまった友人は、精神的にも不安定になってしまい、自宅に寄り付かなくなってしまった。

もちろん、第一志望の高校は失敗。第二志望で受験していた高校へ通う事になった。

その高校は自宅からも遠く、通学に時間がかかるのだが、彼女曰く「家にいる時間が少なくて済むから」との事。

さらに追い討ちをかけたのが、後妻の妊娠。

再婚して半年も経たないうちに発覚した出来事に、本格的に彼女は打ちのめされてしまった。

詳しい事情を知った私の両親も、彼女の気持ちを考えてか、休日ごとに我が家へ遊びに来ることに文句をつける事はなかった。


「どうもね、妊娠の経過が良くないんだって」

とある日曜日。

駅前のファーストフード店で待ち合わせをした私達は、お昼ご飯にハンバーガーを頬張りながら、他愛もない話をしていた。

やがて話が一段落し、二人の間に沈黙が訪れた時。

その沈黙を破るように、彼女が呟いた。

「え？」

「うちの○○さん。よく分かんないけど、体調が悪いみたいで。最近ちょっとね……」

手にしていたストローでカップの中のジュースを意味もなくかき回す。

友人は後妻の事を『お母さん』とは呼ばない。『○○さん』と名前で呼ぶ。

それは、彼女が後妻の事を家族と認めていない、というささやかな反抗なのかもしれない。

聞くと、そろそろ安定期に入ろうかという時期なのにお腹の赤ちゃんの様子が落ち着かず、本人もツワリが酷くて食事もまともに摂れないらしい。そのため、家事もできず、横になって過ごす日も増えたと言う。

頬がこけ、目が落ち窪んだその様子は、まだ高校生である友人に恐怖を感じさせるのに十分だった。

「すごくね……怒りっぽくなったって言うか。ちょっとした事で、すぐに怒鳴るようになったよ。私がそばにいる事が苦痛みたいで。まあ、私もあんまり一緒にいたくないから、ちょうどいいんだけど」

当然というか、何というか。彼女と後妻の関係は芳しくないらしい。

自分の父親と不倫をしていた若い女が、ある日突然、自分の家の中に入り込んでくる。

その居心地の悪さは、私には想像もつかない。

「そっか……」

「私ね、高校卒業したら家を出るんだ。大学には進まないで、就職する。それで家から遠い場所に住むの。そうすれば、お互いに顔を合わさなくて済むでしょ？」

「おじさんは？」

「お父さんは……○○さんと赤ちゃんの事で頭がいっぱいみたい。私の事なんか、放っておいても大丈夫だと思ってるんじゃないかな」

ガシュ！

友人は引き抜いたストローを、一気に紙コップに差す。紙コップの中のクラッシュアイスが立てた音が、彼女の心の叫びに重なる。

暗くなってしまった空気を変えようと、私は友人を買い物に誘った。少しは気分転換になったのか、別れる時には笑顔で手を振ってくれた。


母から、件の後妻が流産したという話を聞いたのは、それから半月程経った時のことだ。友人から届くメールは、どんどん内容が暗くなり、両親も私も彼女の事をとても心配していた。それでなくとも、関係が上手くいっていない状態で、更に降りかかった悪いニュース。

「ねえ、今度うちに泊まりに来るように誘ってあげたら？　きっとそんな状態じゃ、家の中にも居づらいだろうし。あちらのお父さんだって、そこまで気が回らないんじゃないかしら？」

夕食後のテーブルで母が私に提案した。

父も晩酌のビールを注ぎながら、難しい顔をして頷いている。同じ男性として、どうも友人の父の行動が納得できないらしい。酔いが回る程に、良く「父親が娘の事を考えてやらなくて、どうする」と憤慨していた。

「うん、そうだね。明日にでもメールしてみるよ」

テーブルの上のマグカップを流しへ運び、自分の部屋へ向かおうとしたその時――。

ポケットの中の携帯が震えた。着信画面には友人の名前が。

こんな時間にどうしたのだろうと電話に出てみると、憔悴しきった彼女の声が聞こえてきた。

『遅くにゴメンネ。ちょっと……お願いがあるんだけど』

ただ事ではなさそうな友人の声に、どうしたのかと問いかけると――。

『うん、お父さんとケンカしちゃって。家、飛び出してきちゃったんだ。それで……今晩、泊めてくれないかな？』

何事だろうと私を見ている両親に、受話口を押さえて手短に事情を説明する。二人とも顔を見合わせ、僅かに時計に目をやってから頷いてくれた。

「分かった。今、どこにいるの？」

彼女は我が家から自転車で五分程の公園にいるらしい。すぐに迎えに行くと返事をすると、私は自転車の鍵を握りしめて家を飛び出した。


自転車を飛ばして公園に到着すると、頼りない外灯の光の下、友人がブランコに一人で腰掛けているのが見えた。私の呼び声に顔を上げた友人は、何とも言えない表情をしていた。

酷く傷つけられた、道に迷ってしまった子供のような顔。

消え入りそうな声で私の名前を口にする友人を、とにかく自宅に連れ帰る。父も母も、努めていつもと同じように接してくれた。

「夕食は？」

「あ、はい、大丈夫です。済ませて来ました」

「そう、じゃあ後でお茶でも持って行ってあげるわね」

お邪魔します、と頭を下げて友人は私の部屋へ向かった。

明るい部屋の灯りの下で見る友人の顔は、以前に遊びに行った時よりも随分とやつれて感じられた。

「おじさんとケンカしたって、どうしたの？」

ローテーブルの向かい側でお気に入りのヌイグルミを抱え、ぼんやりとしている友人に水を向けてみる。私の声に、ハッとしたように彼女は顔をあげる。

「一体、何があったのよ？　話、聞くよ」

うん、と生返事をしたまま、友人は視線を彷徨わせて黙り込む。焦ることはないか。ゆっくりとうちで体を休めるだけでも、今の彼女には必要な事なのかもしれないし。

そう思っているところに、部屋のドアをノックする音が聞こえた。ドアを開けると、お茶の載ったお盆を手にした母が立っている。

「はい、お茶。あまり夜更かししないようにね。それから……」

そこで声を落として、父が友人の家に電話をして今夜はうちに泊まる事を伝えたと教えてくれた。

「おじさん、何か言ってたって？」

「『分かりました』って言ってただけだって」

「そっか。ありがとう」

心配そうな視線をドアの向こうにいる友人へ向けて、母は階段を下りていった。


「はい、どうぞ」

テーブルの上にマグカップを置くと、部屋の中にふんわりとミルクティーの香りが広がった。

「うちのお母さんね、何かあるとすぐにミルクティー作るんだよ。『疲れた時には甘味と香りの優れたミルクティーが一番！』とか言って。美味しいんだよ、飲んで」

彼女はゆっくりとマグカップに手を伸ばすと、そっと口元に運んだ。それを確認してから、私もマグカップを持ち上げ、ふーっと湯気を吹いた。

「最近ね、良く眠れないんだ……」

ミルクティーを一口含んだ後、彼女はようやくそれだけを呟いた。

「家の中、大変だから気を使っちゃうよね。今夜はゆっくり眠れるといいんだけど」

私の言葉に友人は「そうじゃなくて」と首を振る。

「――?」

「夢に……お母さんが出てくるの……」

私は口に運びかけたマグカップを持つ手を止め、友人の顔をマジマジと見た。

最初のひと言を口にしたことで、きっかけができたのだろう。友人は俯いたまま、迷いながら、それでも言葉を続けた。

「寝てるとね、部屋の中に誰かがいる気配がするの。それで目が覚めて。気配のする方を見てみると、ぼんやりとした人影が立ってて……」

ゴクリ、とツバを飲み込む音が大きく聞こえた気がした。

「その人影が段々とベッドに近づいて来て。それで私の布団の上に這い上がってくるの。逃げようと思うんだけど、体が動かなくて。喉に何かが詰まってるみたいに、声も上手く出せなくて。そうしているうちに、布団の上の人影が私の方へ腕を伸ばしてくるの……」

髪を振り乱した人影は、女性のモノだという。その表情は髪に隠れて見ることができないが、彼女はそれを死んでしまった自分の母親だと感じたと。

「お母さん、きっと怒ってるんだよ。お父さんが勝手に再婚なんかするから。自分が生きてる頃から浮気してた相手だよ⁉ 絶対に怒ってるに決まってる!」

ミルクティーのマグカップを握り締めたまま、友人は目に涙を溜めて胸の中にわだかまっていたモノを一気に吐き出した。

私は彼女の隣に移動して、そっとその肩を抱いてあげる事しかできなかった。

しばらくの間しゃくり上げていた友人は、一度深々と息を吐くと「ありがとう」とだけ呟いた。

「……ねえ、それ、おじさんに話をした？」

「何度か話をしようと思ったんだけど、なかなか話すきっかけがなくて。それに家だと、今は○○さんの体調が良くないから、それどころじゃなくて」

それにしたって、自分の娘がこんなに憔悴しているんだから、父親であるおじさんが何か気付いても良さそうなものだ。

「今日、珍しくお父さんが早く帰ってきたんだよ。それで夕飯の時に思い切って、夢の話をしてみたの。でも、お父さん、私の話を聞いてくれないの。いつまでも死んだ人間の事ばかり考えて、○○さんの事を受け入れてないから、そんな変な夢を見るんだって。今は○○さんが大変な時なんだから、しっかり支えてあげなくちゃダメだって」

それを聞いて私は、他人の親ながら、おじさんの言葉に腹を立てた。

彼女が一体、どれだけの勇気を出してこの話を切り出したのか。ギスギスとした家の中で、彼女がどれだけ必死になって自分を保ってきたのか。

受け入れる？　支える？

自分の父親を母親から奪い取り、厚かましくもズカズカと家庭に入り込んできた人間を、どうやって受け入れろというのか？　自分の娘がこんなにやつれるまで悩んでいるのに、その悩みを聞こうともしないのか？

「何、それ！　信じられない！」

怒りで私の方まで涙目になる。

それで感情を爆発させた彼女は、父親と大ゲンカになり家を飛び出したのだと言う。

彼女と自分、双方の気持ちが落ち着くまで、お互い黙り込んだまま冷めてしまったミルクティーを口に運んでいた。それぞれのカップが空になる頃、どちらからともなく、大きなため息をつく。

「私、高校卒業したら、家を出る。少しでも家から離れた場所で就職するよ。もうあの家にはいたくない。お父さんと○○さん、二人で勝手にやればいいよ」

もう、全部を諦めてしまったような声だった。私はもはやどんな言葉をかけていいのか分からず、ただ黙って彼女の背中をそっと叩く事しかできなかった。

友人にパジャマを手渡し、彼女が着替えているうちにカップを階下に下げに行った。

心配そうな顔をしている両親に、詳しい話は明日するね、とだけ声をかけると自分の部屋へ戻る。

着替え終わった友人は、ちょっとだけ恥ずかしそうな表情を浮かべて「ありがとうね」と言ってくれた。

私もきっと、同じように恥ずかしそうな顔をしていただろう。

「さ、もう寝よっか」

ローテーブルを部屋の隅に移動させ、床の上に布団を二組敷いて友人と潜り込んだ。


どうして目が覚めたのか——。

布団に入ってから、感覚として二時間ほどか。隣に寝ているはずの友人の荒い息遣いが聞こえる。具合でも悪いのかと友人の方へ近寄ろうとして、体が動かない事に気がついた。

(え？　もしかして……)

金縛り……だ。かろうじて視線だけは動かす事ができる。でも、他はピクリとも動かせない。

生まれて初めての金縛りに私が静かにパニックに陥っている間に、友人はうめき声をあげ始めた。

「いや……やめ……お……さん……」

苦しげにあげられる彼女の声に、私は必死で耳を澄ませた。

「ううっ……や……め……おか……ん」

切れ切れに聞こえてくる彼女の言葉をつなぎ合わせる。

『やめて、おかあさん』

友人の言葉を思い出した。

「夢にお母さんが出てくる」

そんな。実の母親が娘を恨む事なんてあるんだろうか？

いくらおじさんが再婚したからって。それが不倫の末の結婚だったからって。その恨みを娘にぶつけるなんて！

友人のうめき声はどんどん苦しそうになってくる。

私は湧き上がってくる怒りで頭が一杯になった。

（おばさん、酷いよ！　おばさんが死んじゃって、家の中に居場所がなくなって、どれだけ彼女が悩んだか！　それをこんな形で苦しめるなんて、酷すぎる！）

歯を食いしばってお腹の底から息を吐き出す。

（もう、解放してあげてよ！　彼女の笑顔を返してよ！　おばさんなんか、大ッ嫌い!!）

グッ、と右手に力が入る。その瞬間、全身を押し固めていた圧力が消えて、私は布団から飛び起きる事ができた。

隣りの友人を見てみると、脂汗を流しながらうなされている彼女の上に誰かが覆い被さっているのが目に入った。

ぼんやりと光ったその姿は、私がよく知っているおばさんのモノ。セミロングの髪が顔にかかっている。お葬式の時に友人が柩に入れた、おばさんが気に入っていたピンクのサマーセーターを身に付けて、不思議なくらいに感情の読めない表情で、寝ている友人の上に四つん這いになって覆い被さっている。

そこまで認識した瞬間、私は恐怖よりも「友人を守らなくてはいけない」という考えに突き動かされて、彼女に手を伸ばした。

「おばさん、ダメ!!」

無我夢中で、友人を抱き起こしておばさんから守ろうとする。

「悔しいのも、心残りがあるのも分かるけど、もう彼女を苦しめないで! いいじゃない、子供は自由に生きたって! おばさんは死んじゃったんだよ。彼女を解放してあげてよ!」

耳元で「ハッ、ハッ」という友人の短く忙しない息遣いが聞こえる。何をされるか、分からない。

友人を恨んでいるのなら、取り殺して連れて行こうとするかも知れない。

薄ぼんやりとしたおばさんから目が離せなかった。私の声が聞こえているのか、いないのか。

私の腕の中の友人に視線を移し、そして私に視線を移す。

やがて何の感情も浮かんでいなかったおばさんの顔に、少し――ほんの少しだけ寂しそうな表情を浮かべて――おばさんの姿は揺らめいて消えていった。

その途端に、友人が大きく息をついた。慌ててその顔を覗きこむと、大きく目を見開き、涙をためた友人が深呼吸を繰り返している。

「大丈夫!?」

私が友人に声をかけたのと同時に、部屋のドアが乱暴に開けられた。

「何があった！　大丈夫か!?」

私の大声を聞いて目が覚めたのだろう。パジャマ姿の父と母が心配そうな顔をして立っていた。

「……お父さん！」

恥ずかしい話だけど、両親の顔を見た瞬間、涙腺が崩壊して涙が止まらなくなった。友人と二人抱き合って、大声あげてわんわん泣いた。

そんな私達を、両親は優しく抱きしめてくれた。

ようやく落ち着きを取り戻した頃、母が
「空気が悪いから、ちょっと窓を開けて空気を入れ替えましょうね」

と言って立ち上がった。

ベランダに面する窓のカーテンをサッと開いた時——。

「キャアァァァァ！」

「イヤァァァァ！」

思わず悲鳴を上げてしまった。

窓には……髪を振り乱し、憎悪に満ちた顔をした女が張り付いて、私達を睨みつけていたのだ。その姿に、父も息を呑んで私達を抱きしめる腕に力を込めた。

吊り上がり血走った目で私と友人を睨み、真っ赤に裂けた口からは長い舌と歯を剥き出しにして、長く伸びた爪で窓ガラスを引っ掻いている。薄汚れたクリーム色のワンピースは、マタニティドレスか？

「あ……あ……○○さん……」

友人の口からかすれた声がもれた。

ベランダに立って部屋の中を覗き込んでいる女。形相が変わっていたので、気がつかなかった。そうだ、あの女は不倫の末にちゃっかりと友人の家に入り込んだ——彼女の義母。

「何で、あの人がここにいるの⁉」

口元を両手で覆った母がようやくのことで言葉を発した。

「見るな！」

父が私と友人の頭を抱え込み、窓が見えないように全身でかばってくれる。

『どうして……どうして、あなたが生きてて、あの子が死んじゃうの？　おかしいでしょ？　ねえ、あなたが死ぬべきじゃなかったの？　あなたなんか、いらない子じゃない。父親にも見放されて、どうしてこの世に生きてるの？　ねえ、どうして？　どうして生きてるの？』

口腔内に収まりきらないほどの長さの舌を蠢かせ、窓ガラスを舐め上げながら、呪いの言葉を吐き続ける。

『ねえ、死んでよ。あなた、いらない子でしょ？　生きてても仕方ないでしょ？　さっさと死んで母親の所に行きなさいよ。どうして私の幸せの邪魔をするの？　あなたが私の子供を殺したのよ。代わりにあんたが死んじゃえば良かったのに！　死んじゃえ！　おまえなんかしんじゃえばいいんだしんじゃえしんじゃえしんじゃえよおおぉぉぉ‼』

次第に声は低く野太いモノになり、延々と呪詛の言葉を紡ぎ続ける。

「母さん、塩持って来い‼」

父の大声に、固まっていた母が飛び上がり、次の瞬間には部屋から飛び出した。

「そんなの、あんたの逆恨みだろう！　勝手にこの娘の居場所を奪っておいて、全部人のせいか⁉　あんたの子供が死んでしまったのは、この娘の責任じゃないだろう！」

私達の頭の上を父の怒号が飛ぶ。バタバタと廊下を走る音がして、母がキッチンにあった塩の容器を抱えて戻ってきた。

母からそれを受け取ると、容器の中に手を突っ込み、ひと握りの塩を私と友人の頭からかける。そして震える母の手に私達を委ねると、父は見た事もないような怒りの表情で立ち上がった。

大股に窓に近寄ると、恐怖に固まっている私たちが止める間もなく窓を乱暴に開け、ベランダに向かって容器の中の塩をぶちまけた。

不思議な事に、窓を開けた瞬間……そこにいたはずの友人の義母の姿は見えなくなっていた。まるで「ガラス」というスクリーンを通してしか目に映ることのない映像のように。

それでも父が大量の塩をぶちまけた時、誰かが叫んだように空気が震えるのを感じた。

結局、私達は眠ることができずにリビングに集まると無言で朝までの時間を過ごした。

母が作ってくれたミルクティーの温かさが嬉しかった。

友人は私の隣で真っ青な顔をしてガタガタ震えていた。

ようやく太陽が顔を出し、リビングが明るくなってくると、誰からともなく深いため息をつく。

「今日は学校は休みなさい。お父さんも今日は仕事休むから」

父はそう言って、母と何かを相談するように小声で話し始めた。

「ね、シャワー浴びない？」

今になって気持ちの悪い汗でパジャマが湿っているのに気がついた私は、友人に声をかける。

それに頭から塩をかぶったままなのだ。

「そうね、そうしなさい。軽く食べられるモノを用意しておいてあげるから」

母にもそう言われ、私と友人は恐る恐る部屋へ着替えを取りに行った。

朝日の差し込む部屋はいつもと変わらず、昨夜の出来事は何かの夢だったのではないかと思ってしまいそうになる。

だが部屋のカーペットやベランダに散った塩の跡を見れば、昨夜の出来事を嫌でも思い出してしまう。なるべくそっちを見ないようにタンスの中から着替えを取り出す。

「お母さん……」

友人がボソリと呟く。

「え？」

「私、お母さんに恨まれてるんだと思ってた……」

そうだ。夢の中におばさんが出てくるって、きっと怒ってるんだって、彼女は悩んでいたんだ。

「違ったんだ。あれ、きっとお母さんが守ってくれてたんだよ。私の事を守ってくれてたんだよ！」

そう言って、彼女はうずくまって泣き出した。

私は何も言えず、ただ泣きじゃくる友人の肩を抱いているだけだった。

私達が学校を休んだあの日、父と母は友人の家を訪ねていった。

おじさんにうちで起こった事を全て話し、友人が義母と一緒に暮らすことの不安について話し合いをしたらしい。

本来なら家庭内のことに首を突っ込むなと言われても仕方のない話なのだが、おじさんは特に反論するでもなく、友人が家を出る事を承諾したという。と言うよりも、後妻と娘の確執に疲れてしまって、どうでもいいという感じだったと言っていた。

「大事なのは後妻の方で、娘に関しては勝手にすればいいとでも思っているようだったな」

父は帰ってきてから吐き捨てるように、そう言った。

『ちゃんと学校へ行くこと』

『月に一度は電話で連絡すること』

その他、いくつかの約束を決めて、友人は家を出る事を許された。

学生だから、贅沢なマンションなどへは住めない。学校へ行くのに不便のない場所に見つけた、こじんまりしたアパート。家賃はおじさんが出してくれるが、何かあった際の緊急連絡先は私の両親になっている。学校へも事情を説明して、特別に許可してもらった。

簡単な引越しを済ませ、荷物も片付いた頃。我が家では友人を招いて食事会が開かれた。

数日ぶりに見た彼女は、見違えるほどに明るい表情になっている。

キッチンで食器を出す手伝いをしながら、私と母は、この判断は間違っていなかったと笑いあった。

よく笑い、よく食べ、友人は本当に楽しそうだ。

あいにくと明日は学校なので我が家に泊まる訳にもいかず、父が友人のアパートまで送っていくことになった。

「じゃあ、またね」

父の運転する車に乗り込んだ友人は、すっかり血色の良くなった顔で手を振る。

「うん、またね。おやすみ」

遠くなっていくテールランプを見送りながら、私は満面の笑顔で手を振った。

ああ、良かった。これでようやく彼女も安心して暮らせる。

あんな意地の悪い、性根の曲がった女から離れて。

実の娘よりも再婚した不倫相手の方が心配だなんて、あんな無責任な父親から離れて。

あんなギスギスした、妄執だけが渦巻いているような家から出られて。

本当に良かった。

私の大事な友人を傷付けておいて、自分達だけ幸せになろうなんて許せない。

まあ、赤ちゃんには可哀想な事をしたかな。でも生まれて来たら、もっと彼女を苦しめるでしょ?

だから――ね。私、色々調べたのよ。どうやったら流産させられるかを。

妊婦さんが気をつけなくちゃいけない事って、結構たくさんあるのね。ハーブとか食材とかアロマとか。

ちゃんとできるかどうか分からなくて不安だったけど、上手く行って本当に良かった。

私がバイトをしている喫茶店にあの女がお客として来た時には、思わず天に感謝したほどよ。

あんな家、出て正解なんだよ。

あんな家にいたって、彼女は幸せになれない。

まさかあの女が出てくるとは思わなかったけど、大丈夫だよね、きっと。だって、彼女の後ろにちゃんとおばさんが乗ってるの、視えたし。

私がやったこと、おばさんだったら分かってくれるでしょ？
これからも私は——彼女の友人です。

離れないょ

朝野月

「おはよう……美那」
目の前の君は、今日も優しく微笑みかけてくれる。
僕に。僕だけに。
目の前には君の元気な笑い顔。愛おしくてキスをする。
「可愛いよ……美那」
美那、美那、美那、美那……愛してるよ、美那。
ほらこの部屋は君で一杯だよ。
こんなに沢山の君が居る。全部、僕の宝物なんだ。
美那。
早く僕の所においで。
僕はずっと君の側に居るからね。

君との出会いは、高校一年の時だったね。

父親の転勤でこの街に越してきた僕は、なかなか友達もできずいつも独りだった。入学して半年ほど経った頃だったかな、隣の席だった君が僕に話しかけてきてくれたんだ。

「ねぇねぇ、ＩＪＫの上川美奈好きなの？」

「ぇ……うん」

当時の僕は、人気グループの上川美奈が大好きで、ファンクラブに入り、休みの度に追っ掛けをしていた。

何処からその情報を聞いたのだろう？　誰にも話した事ないのに……。

僕が不思議そうな顔で見ていると、

「そうなんだ。あ……ごめんね。先週コンサートがあったじゃない？　あれ私も佐知と行ったの！　その時見掛けたからさっ。良かったよね～コンサート！」

彼女は楽しそうに笑い、僕に同意を求めてくる。

「そうだね！　最後感動してジンときたよ」

「そぅそぅ！　私も感動して泣いちゃった」

天井を見ながら両手を合わせ、少女のような顔をする彼女に、僕は釘付けになった。

女神……。

彼女の周りを真っ白な光が包んだ。

この時からだ、君が僕の全てになったのは。

それからの僕は、いつも君の事で頭が一杯だった。

寝ても覚めても浮かぶのは君の顔。

君をもっと知りたい。

でも、僕にはどうしても自分から声をかける事ができない。

ただ一つの救いは、席が隣だという事だった。お陰で、僕から話し掛けなくても君から声を掛けてくれる。そのチャンスを作る為に、君も好きだというIJKの小物をわざと机の上に出したり、鞄に付けたり……とにかく色々と頑張った。

楽しかったよ。

でも、その幸せな環境もそう長くは続かなかった。

僕らは二年生になり、クラスが変わってしまったんだ。

いつも横で笑っていた君が居ない。優しく話し掛けてくれた、あの声が聞けない。

僕は、溢れ出る君への思いをどうする事もできず、気付いたらいつも君を追い掛けていた。

そんなある日、僕達の関係を深める出来事があったんだ。

いつものように、友達と帰る君の後をつけていると、チラッとポケットから落ちる白い物が目に入った。

君は気付かず歩いて行く。

僕は駆け寄って道端に落ちたその白い物を手に取った。

彼女のハンカチだった。

急いで駆け寄り渡そうと思った瞬間、優しい風に乗って君の匂いがフワッと鼻に入ってきた。

美那の……匂い。

僕は、君の匂いのするそのハンカチをどうしても手放す事ができず、そのまま走って家に持って帰った。

家に帰り部屋に入った僕は、もう爆破寸前だった。

恐る恐るそのハンカチを鼻に近付ける。

すると、今までに経験した事のない衝撃が脳を刺激し、体中に電気が走り抜けた。

「……美那」

立っていられない程の快感。僕はそのまま、君の匂いに包まれて果ててしまった。

一瞬の出来事だったが、最高の……最高の時間だった。

それからなんだ……僕が君の物を集めるようになったのは。

この写真達も、この頃から集めるようになった。

ＩＪＫのポスターだらけだった部屋が、君の写真で埋め尽くされて行く。

幸せな時期だったよ。

僕と美那二人の部屋なんだ。

誰にも汚されたくない。誰にも邪魔はさせない。誰にもね……。

それからも、僕の君に対する愛は全く変わりはしなかった。クラスが変わり学校で側に居れなくても、家に帰れば沢山の君が出迎えてくれる。

幸せだったよ。

でもその幸せをさ、ぶっ壊すヤツが現れたんだ。

僕の美那を汚そうとするヤツ。

許せないょ？

ありえないから。

美那は僕のものなんだ、僕だけの女神なんだ！

僕は、その話を女子同士の会話の中で聞いた。

「野口君カッコイイよね～！　彼女居るんだっけ？」

「ん？　知らないの？　最近二組の川里美那って子と付き合い出したらしいよ～」

「え～～～まじでぇ？　ショック～」

この時の気持ち、君に解るかい？　言葉では言い表せないよ。

でも、すぐにこう思ったんだ。

ヤツが無理矢理、君に付き合うように仕向けたんだろって。

優しい君は、仕方なく付き合ってるんだろうって。

そして、僕はそんな君を助けようと思った。

助けるためにはどうしたら良いか、必死に考えた。

僕は次の日から、君の行動をこれまで以上に見守った。

もしかしたら、噂はデタラメかもしれない。どうか、どうかデタラメであって欲しい。

僕は、君を目で追いながらずっと心の中で願っていた
しかし、現実は僕の願いとは違う方向に動いていく。

授業を終え、君の姿を探していると……いきなりヤツと一緒に笑いながら帰り支度をしている姿が目に飛び込んできた。そのまま二人は仲良く並んで歩いて行く。

そして、彼女の家の前に着いた時——そこで二人はキスをした。

はにかむ彼女。

どうして……どうしてそんな顔を、ヤツに見せるんだ？
その顔は、本当は僕が……僕だけが見る事ができるんだっ！
ヤツじゃない！　僕なんだっ！
この時、僕の中で何かが切れた音がした。
僕はヤツを追った。
正直、何も考えていなかった。ただただ心に任せた状態で、僕は動いていた。
気付けば駅。ホームで電車を待つヤツの姿を見た時、僕はある考えを思いついた。
そして僕は、その考えを実行したんだ……君の為に。
ヤツの真後ろに居る女子高生を、ジッと睨みつける。気付くまでずっと……。
ヤツは携帯を睨んだままだ。
電車が来るまで後三分。
そして、とうとう女子高生が僕の視線に気付いた。
それを合図に、ジリジリと距離を縮めていく。
彼女が少し後退りした。
一分後、電車が入って来る事を知らせる、ベルとアナウンスが響く。
ガタン、ガタン……

車輪の音が大きくなる。
今だっ
僕は、その子を更に強く睨みつけ……ニヤリッと笑った。
驚いたその子は、周りを忘れて思い切り後退りした。
パ――――ン！
電車の警笛の音と共に響く、沢山の悲鳴。
その後、どうやって家に帰ったのか全く覚えていない。
気付いたら、息荒く汗だくの姿で、家の玄関に立っていた。

次の日、学校は大変な事になっていた。

二年二組の野口啓吾が事故で死んだと、学校中がその話で持ち切りだった。

聞こえてきた話によると、他校の女子生徒が何かの拍子にヤツを突き飛ばし、そのせいでホームに落ちたらしい。全身バラバラになったヤツを見た女子生徒は半狂乱になり、今は病院に入院しているという。

僕は頬が緩むのを抑える事ができず、トイレに駆け込み誰も居ないのを確かめると、腹の底から笑った。

誰も居ないトイレに響き渡る僕の笑い声。

なんて事だ！　こうも上手くいくなんて……信じられないよ。

やはりヤツはこうなる運命だったんだ。そうとしか思えない。

愉快だったね。実に愉快だった。

君は、僕の側に居る定めなんだと、改めて実感した出来事だ。


君に会えた、貴重な高校生活も今日で終わり。

僕等は無事に卒業式を迎えた。

事前の調査で君の進学先を調べ、僕は何の迷いも無く同じ大学を志望した。

運良く僕の方が成績が良かったから、何の苦労も無く同じ大学に合格できたよ。

四月からまた同じキャンパスで、同じ空気を吸う事ができる。そう思うと僕は嬉しくて仕方なかった。

そして卒業式の日。

勇気を出して、僕は君にその事を伝えたよね。

「同じ大学らしいね。これからもよろしくね。美那ちゃん」

たわいもない言葉だが、この一言にどれだけの勇気が必要だったか……今思うと笑えるよ。

そんな僕にさ、君はこう答えてくれた。

「そうなんだ！　こちらこそよろしく！　沢山楽しもうね」

勿論さ。

何を置いてでも、君との時間を楽しんで行くよ。

何を犠牲にしてもね。


引っ越しも無事に終わり、僕等は晴れて関西の大学に入学した。

入学式は最高の天気だったね。例年より気温が低く、桜はまだ疎らだったけれど、君の入学式のスーツ姿は桜以上に素晴らしかった。

僕は、隠れてシャッターを押す。

僕の美那がまた増えた日だ。

それから半年、僕等は何事も無く楽しい毎日を過ごした。

いつも目の前には君が居る。

楽しそうに笑う君、真面目に勉強に取り組む君、どの君も、僕には美しい女神にしか見えなかった。

ずっとこのまま、優しく君を見守るんだ。僕にはそれができる……いや、僕にしかできない！
そう信じて疑わなかった。
それなのに、僕等の間にはいつも邪魔者が現れるんだ。
彼女を何とかしようと企む邪悪な男ども……。
邪魔だ邪魔。おまえらに彼女を愛する資格などない！
邪魔なんだよ、マジうざい。
イライラの溜まる毎日が続く。
そんな中、彼女を見ていて僕は気付いてしまった。
沢山の悪魔が彼女を取り巻く中、見るからに彼女の態度が違う悪魔が一人居る事に。
そいつの前で顔を赤らめる彼女。
いつもそいつの姿を目で追っている。
あんな彼女見たこと無い……。
愛おしそうにそいつを見るあの顔。
やめてくれっ！　そんな顔でそいつを見るな。
頼む……頼むよ……。
どうしてなんだ？

何でそいつなんだ？
どうして僕じゃないんだ？
それからの僕は、そんな君を見る事が、どうしてもできずに逃げてばかりいた。
また、高校時代のヤツのように消してしまう事も考えたさ。
でも、今回は……今回は、どうしてもできなかった。
君が、悲しむのではないかと思ったから。
悲しむ君を、僕は見る勇気が無かったんだ。
彼女を見れない学校。
行ってもつまらない。
次第に僕は学校にも行かず、部屋に引きこもるようになっていった。
実家を出て、一人暮らしをしているアパート。
決して広くはないが、君の写真を至る所に貼った、僕の城だ。
この部屋に居れば、いつも君の側にいれる
美那、美那、美那、美那、美那!!
ああ……ずっと美那の側に居るには、どうしたら良いのだろう。
来る日も来る日もその事を考えた。

大学に行かなくって三ヶ月。

この間も、彼女はあいつにあの顔を向け……もしかしたら、とうに汚されているかもしれない。いたたまれなかった。食事も喉を通らない。

「このまま死んでしまったらどうなるのだろう」

空腹と、脱水症状で朦朧とする意識の中、僕はある考えに辿り着いた。

この肉体が滅んだら、心が、魂が側に行けるかもしれない。

決して僕は幽霊とか、魂とか信じている訳ではないが、この身体が滅びそうな今でも、心だけがギラギラしたエネルギーに満ちあふれているのを感じ、もしかしたら可能なのかもしれないと、思い始めていた。

彼女の側に居られる唯一の方法。

僕はこの考えに賭けてみる事にした。

今日で丸十日何も食べていない。すでに身体は細くなり、動かなくなっていた。

このまま眠るように君の元に行きたい。彼女の笑顔が包むこの部屋の中で。

そして……その願いは叶った。

目が覚めると同時だった。

僕は凄まじい頭痛に襲われた。のたうち回る程のその頭痛は暫く続き、耐えきれなかった僕は、そのまま意識を失った。

そして、再び目覚めた時、痛みなど夢の中の出来事だったかのように消え去り、逆に身体が宙に浮きそうな程の爽快感を感じていた。

どのくらいの時間が経過したのか、予想だにつかない。

周りを見渡せば、いつもと変わらない美那の笑顔が広がる僕の城。

僕は、ゆっくりと身体を起こし、そして気が付いた——そこに、僕の身体が横たわっている事に。

痩せこけて、青白くなった僕の身体。

それを見た数秒後、僕は全てを理解した。

そう、僕は死んだのだ！

死んで、この軟弱な肉体とおさらばしたのだ。

『本当に……こんな現象起こるんだな』

全てを理解し、受け入れるのは簡単だった。

何故なら、これは僕自身が望んだ事なのだから。

僕は死んだ、死んだんだ。

そして、今も僕は美那を愛している。

願いが叶った。魂となり、美那の側に居たいという願いが。

ほら……わかるかい美那？

やっぱり僕は、君の側に居る運命なんだよ。今が……今の僕がそれを証明している。

すぐに行くよ君の所へ。待たせてごめんね。


それからの数日は、地獄のような日々だった。

一番辛かったのは、なかなか彼女の所へ行けない事。これは、かなり参った。何故なのか理由は分からないけれど、どう足掻いても抜け殻の側から離れられないんだ。

ある一定の距離から離れようとすると、身体が動かなくなってしまう。望みもしないのに、抜け殻が動けば僕も勝手に動き出す。逆らっても逆らっても……。

このままずっと動けないのか？

美那の所へ行けないのか？

会う事ができないと思えば余計に会いたくなるもので、気の狂いそうな時間が続いたそんな僕の思いなど御構い無しに、僕の抜け殻は大家に発見され実家へと運び込まれる事となる。

当たり前のように今の僕も同行し、住み慣れた実家で時が来るのを待つ事となった。

美那、会いたいよ……美那。


抜け殻が発見されてから五日目、実家で僕の葬儀が行われた。

今日の関東地方は雨。どんよりとした雨雲が、僕の葬儀の演出を手伝ってくれているようだった。知らない顔ばかりの形だけの葬儀。あわれなもんだね。

昔、母親に言われた事があった。

〝その人の値打ちは、葬式の時にわかる。淋しい葬式にならないように生きろ〟と。

母さんごめんよ。自慢の息子にはなれなかったね。

そして、いよいよ出棺。相変わらず降り続けている雨のせいで、真っ黒な傘の花が庭中に咲く。

『なんか、綺麗だな』

霊柩車に乗った抜け殻の横で、僕はその真っ黒い花ばなを見つめながら心の中で呟いた。

その時だ、その傘の花の中に身体が熱くなる何かを感じたんだ。

何なのか分からない。

僕は、急いでそのエネルギーを探し、その場所を凝視した。

動く黒い花の群れ、人が邪魔をして探せない。

イライラしてくる気持ちを必死に抑え、僕はただひたすら探し続けた。

『……!!』

そこには、黒い喪服を来て誰かと話す彼女の姿。

僕は、驚きのあまり暫く動く事ができなかった。

何故だ？　何故彼女が来てくれている？

関西から、わざわざ僕の葬儀に参列するために帰ってきたのか？

どうゆう事なんだ？

彼女が……美那が、ここに居る理由。そうか……そうだったんだ。

美那は、僕の事が好きだったんだ。

僕が煮え切らないから、他に男を作ったり素っ気ない態度をとったりしたんだ。

何て事だ。僕が……僕さえはっきりしていれば、美那の側に居る事ができてたんだ！

猛烈な後悔の思いが僕の体を覆い尽くす。

『死ななければ良かった！』

そして車は動き出し、ゆっくりと美那の側から遠ざかる。後悔と絶望に打ちのめされた僕を乗せて……。

気付けば火葬場。ここでも僕の意思に関係無く、抜け殻が動けば僕も引っ張られるように着いて行く。もう僕には抵抗する気力も無い。ただ成すがままに導かれる方向へ進み、その場所に呆然と立ち尽くす……その繰り返しだった。

絶望、後悔、悔しさ、悲しみ。

もう僕にはどうする事もできないんだ。

遺体が焼かれ、そして僕も消え去ってしまうに違いない。

失意の底にたたき落とされ、這い上がる事さえしようとしない僕が居た。

もう既に棺は焼却炉の中……あのスイッチが押されれば、全てが終わるんだ。

僕はギュッと目を閉じた。

僕の体が炎に包まれ、黒い固まりになっていく様を思い浮かべる。その固まりはやがて形を無くし、白い灰になっていく。瞼の裏に写し出されるその映像は、僕を深い闇へと引きずり込んで行き、そのまま意識を奪って行った。

「ガチャ」

「コツコツコツコツ……」

乾いた革靴の音が、遠ざかっていく。

その音が聞こえなくなり、静寂が広がったと感じた時、僕はゆっくりと目を開けた。

目の前に広がるのは、無機質な灰色の四角い部屋。中央には、長方形の黒い台が置かれ、その上には白い……白い骨。

そうか……ここは、まだ火葬場の部屋なんだ。

そしてあれは、僕の骨。

我に返った僕は、慌てて自分の体を見た。

消えてない……消えてないじゃないか！

目に映る姿は、意識を失う前と全く同じなんだ。

『僕は、まだこの世界に居ても良いんだ』

そう心の中で呟いた時、黒いスーツを着た男性が、部屋に入ってくる姿が目に入った。

真っ黒に塗った大きな扉が、ゆっくりと開き、そしてゆっくりと閉まろうとしている。

僕は咄嗟に体の方向を変え、その男性の横に走り寄った
『この部屋から出る事ができるかもしれない』

何故か僕は、その時そう思った。

入ってくる男性の横を走り抜け、急いで扉に向かう。そして、間一髪。見事部屋から出る事ができたのだ。

『やった！』

そうか、そうなんだ。肉体が焼失したって事は、繋がる物が無くなったって事だ。
自由なんだ。僕は、とうとう自由を手に入れたんだ。
この日をどんなに待ち望んだ事か……胸が踊り感情が高まる。
そして、僕は走り出した。外の光の差し込む窓の方向へ。どんどん近付く太陽の光……
あまりの眩しさに僕は目を閉じ、そしてそのまま窓に体当たりした。
「ズバッ」
耳元で大きな風の音がし、真っ白い光が僕を包む。
数秒後、足の下に何かを感じると同時に僕は目を開けた。
目の前には、見慣れない庭。振り向けば、あるはずの火葬場が無い。
見えるのは、一軒の新しい二階建ての家と沢山の草花だ。
何処なんだ？
僕は、暫くそこから動く事ができなかった。
広い庭先に立ち尽くす僕。そんな僕の耳に、信じられない声が入ってきた。
「美那っ、電車間に合わないわよっ」
美那？　美那だって？
「はぁい！　今行くっ」

美那だ……美那の声だ！
聞きたくて狂いそうだった声。
美那の所に来れたんだっ！
体中が熱くなり、息は益々荒くなる。
そして見つけたんだ。玄関から走り出てきた美那を。
絶望の後に待っていたこの奇跡。
この奇跡で僕は悟った。
僕は美那の為に生まれてきたのだと。
僕の選択は、間違っていなかったのだと。

それからの僕は、何処に行くのも美那と一緒。
彼女には僕の存在は分かってもらえないが、それで良いんだ。
ただ、美那の笑顔が見れればそれで良かった。
幸せだ。幸せなんだ。
ただね……
彼女を見たくないと思う時が、残念ながらあるんだ。

毎週末だ。土曜日の朝、時間をかけてお洒落をした彼女は、ある知らない男と逢う。

その男と彼女は、ずっと同じ時間を過ごした後、必ず彼女の家に寄る。そして美那は、
手料理を作り楽しそうに男とテーブルを囲むんだ。

あの幸せそうな顔。

その顔は、僕のものなのに。

何より許せないのは、その後だ。

その知らない男が……彼女を抱くんだよ。

男に抱かれてよがる美那。

僕は始めてそれを見た時、気が狂いそうだった。

でも、今の僕にはどうする事もできない。

そりゃ最初は防御してみたさ。男に体当たりしたり、殴りかかったり。

でも、僕の身体は男の身体を虚しく通り抜けるだけなんだ。掴む事も触る事もできない。

それが解ってからは、その場から逃げ出す事もやってみた。見たくないからね。

でも、それさえ許されないんだ。

美那の側を離れようとすると、何故か動けなくなるんだ。

肉体と繋がっていた時のように。

金縛りに遭ったみたいにさ、ピクリともしない。

ね……どうしようもないだろ？

気が狂いそうでも、男が憎くて仕方なくても……僕はただじっとその声を聞かなければならない。地獄のような時間だよ。

『あの男さえ居なければ』

憎い！　あの男が憎い！　憎くてたまらない。

その思いは強くなるばかりだった。

そして、今日はその土曜日。

彼女は朝からシャワーを浴び、丁寧に化粧をし始めた。

お気に入りの音楽を聴き、鼻歌を歌いながら。

苦しいよ……美那。僕を苦しめないでよ。

準備を終えた彼女は、軽やかな足どりでアパートを出た。僕もその後を追いかける。

見れば、もうアパートの前にあの男が居るではないか！　車の中から彼女に手を振っている。それに気付いた彼女は、助手席のドアを開けその黒い車に乗り込んだ。僕も彼女に続いて助手席から乗り込み、スルリと後部座席に身を置く。

何やら楽しげに話す二人など見ず、僕は外の景色をずっと眺めていた。

どのくらい走ったのか車が止まり、男と彼女が車から降り始めた。タイミングを見て、スルっと彼女の後に続き助手席から滑り降りる。

見回すと、何処かのアパートの駐車場のようだ。

何処だ？

僕がキョロキョロしているうちに二人は目の前のアパートに入って行く。

もしかして……あの男のアパート？

僕は足がすくんだ。

男のアパートなんて行きたくないっ!!

僕は必死に抵抗した。だが……やはり無駄な抵抗だった。

彼女が歩けは、僕の意思とは関係なく足が動く。だんだん気分が悪くなり、吐き気がしてくる。

嫌だ嫌だ嫌だ！

あの男の臭いのする部屋になど入りたくない。

吐き気が頭痛に変わった。

そんな僕の苦しみなどお構い無しに、二人は部屋の扉を開け中に入って行く。頭が割れそうに痛く足がふらつくのだが、身体だけは動き、二人に続いて中に入っていく。

駄目だ……いくら足掻いても無駄だ。

観念した僕は、楽しそうに話す二人を横目で見ながら、部屋の隅に腰掛けた。頭痛も吐き気もまだ治まらない。

何なんだこの気分の悪さは……。

初めての体験だった。

相変わらず続く頭痛と吐き気。僕はずっと膝をかかえ、下を向いていた。

今日は絶対前を見ないんだ！　きっと二人はいつか始めるのだから……あの行為を！

僕は必死に違う事を考えようとしていた。

しかし……それさえも許されない……。

今の僕には自由など全くなかった
見なくても、音を聞かなくても……二人が始めたのが分かるんだ。

なぜなら、彼女が感じている感覚がそのまま僕に伝わってくるから。

あの男にいじられ、攻められる時の快感が、僕にそのまま伝わってくる。

やめてくれっ!!

あんな男に良いようにされて、こんなに感じるなっ！

あの男さえ……あの男さえ居なければ！

身体中に広がる快感の中で、僕の憎しみは次第に大きくなっていく。

僕はたまらず顔を上げ、男を睨みつけた。

『憎い憎い憎い憎い憎い！』

『彼女を離せ、離すんだっ！』

僕のあの男への憎しみが頂点に達したその時だ。

男の動きがピタッと止まり、ゆっくりと僕の座る部屋の隅に顔を向けたのだ。

男と目が合う。

男は驚き目を見開いたかと思うと、バッと彼女から離れ、僕を見ながらお尻をついて後ずさった。

驚いたのは僕も同じだ。

『みっ見える……のか？　僕が……見えるのか？』

壁に追い詰められ、恐怖のあまり真っ青になっている男に近寄り言葉を発した。

男は黙ったまま頷き大きな声で怒鳴り始めた。

「くっ来るなっ！　近寄るなっ！」

こいつ……僕が見えるんだ。

そして今、喋れたよ……僕。

嬉しいじゃないか……最高のチャンスだ。彼女からこいつを引き離す絶好のチャンス。

僕は笑いが止まらなかった。

『フフフフッ』

自分でも不気味な笑い声である事が分かる。

『……フフフッ』

男を見据えながら不気味に笑う僕。

その姿に耐えられなくなった男は、急いで服を探し下着だけ履くと、他の服を持ったまま部屋から飛び出して行ってしまった。

「ぎゃっ」

と、大きな声を発しながら。

何と愉快だ……笑いが止まらないよ！

逃げる時の男の顔を思い出し再び笑う。

ひとしきり笑った後、僕は彼女に視線を移した。

彼女は、まだあいつの出て行った玄関を見つめながら呆然としている。

ん……？

何だ……この違和感。

抱かれている最中に、急に何かに怯え部屋を飛び出した男を見て何とも無いのか？

不思議な感覚に戸惑い、僕は彼女を見つめ続けた。

「……ふぅ……」

彼女は小さく溜息をつく。

えっ……？

何故だ？　何故溜息なんだ？

疑問は広がるが、聞く事も心の中を覗く事もできない僕。帰り仕度をし始めた彼女を、ただ呆然と見つめる事しかできなかった。

十分後、彼女は男の部屋を後にした。

トボトボと歩く彼女の後ろ姿が愛おしくて仕方ない。

さっき感じた違和感は気のせいなんだ。

僕の愛してた彼女は女神のような人。

初めて彼女を知ったあの日の笑顔は、確かに女神だったのだから……。

愛しい美那。

僕の女神。

君の笑顔は僕の全てだ。

あの日から一週間、何事もなく過ぎて行った。

彼女は時折、携帯を持ち誰かに電話をするが、黙ってそのまま携帯を戻す。あいつと連絡が取れないのだろうか。

と、急に彼女がバタバタと準備をし始めた。

何だ？

服を着替え化粧をする。どうやら出掛けるようだ。

今日は土曜日だが、あの男とは連絡が取れていないようだし……あの男と会うのではないだろう。急に思いついて、ショッピングにでも行くのかな？

僕が、生きて側に居たら……君の似合う服をいくらでも買ってあげられるのに。

お昼はパスタランチ。

また少しお店を覗いて、その後は……映画とかも良いよね。

僕はそんな夢を見ながら、出掛ける彼女の後をついて歩いた。電車に乗る彼女。いくつかの駅を過ぎ、降りた駅は何故か見覚えのある駅。

ここは……あの男のアパートの近くにある駅。

嫌な予感が頭の中を過ぎる。

そして彼女は、脇目も振らず何処かに向かって足速に歩き始めた。

車の中から見た、見覚えのある景色が通り過ぎて行く。

到着したのは、やはり……あの男のアパートだった。

切なそうな顔でドアの前に立つ彼女。

胸がチクリと痛む。

意を決してベルを押すが何の返答もない。

二度目のベルを押ししばらくすると、あの男が顔を出した。

驚く男。

何だ……居るのかよ。居るなら何故電話に出ないのだろう。

彼女も同じ事を思ったらしく「どうして電話……出てくれないの？　心配したんだから……」と、今にも泣き出しそうな顔で言う。

「ごっごめん……」

ちょっと待てよ。ずっと連絡せず彼女に心配させたと言うのに、この言葉だけか？

僕は男の表情を見ようと、彼女のすぐ後ろに移動した。

すると、男は驚き目を見開いたかと思うと、またこの前のように尻餅をつき後ずさったのだ。

「かっ帰ってくれよっ！　君と居るとろくな事が無い！　たっ頼むからその男連れて帰ってくれっ！」

豹変した男に驚く彼女。

そうか、こいつ僕が見えるんだったな。

訳が分からず何か言いたげな彼女。そんな彼女などお構い無しに立ち上がりドアを閉めようとする男に、俺は睨みつけてこう言った。

『ちゃんと……聞いてやれ』

男の動きが止まった。すると、僕らの後方で甲高い女の声が響いてきた。

「ちょっと……あなた誰？」

意表をつかれた彼女は、訳がわからず返答できずにいると、その女は彼女に近付き、睨みつけながら信じられない言葉をはいた。

「今度の泥棒猫はあなた？　人の男に手を出して何が楽しいの？」

はっ？　泥棒猫だと？

何だこの女……そうか、この男……美那以外にも女が居たんだ。

それなら、二股かけるこの男が悪いんだろっ！　彼女は知らなかったんだ。このあほ女！

僕の中に怒りが込み上げる。

そして、彼女の涙が僕のそれに火をつけた。

女を睨みつける。

じっと……心の底の怒りを吸い上げ吐き出すように。

すると……女は一瞬ビクッと身体を震わせ、恐る恐る僕の方へと視線を向けた。ゆっくりと……何かに怯えるように。

女と目が合う。

女の形相が見る見る変わり真っ青になっていく。

「なっ……何なの……この化け物っ」

震えながら後ずさる女。

逃がしてなるものか！　僕は益々力を込め、女を睨めつけた。

「……ギギャアァア」

けたたましい叫び声がアパート中に響いた。

それでも僕は許さない。怒りがまだ治まらないんだ。

『死ね』

僕は、女に向かって呟いた。

『死ねよ』

そしたら急に黙り込んでさ、立ち上がったかと思ったら、身体の向きを変えて歩き出したんだ。真っすぐに。

突き当たりには窓がある。

『そうだ。真っすぐ歩け……そしてそのまま』

『飛び降りろ』

そこからの女は、とても良い子ちゃんだったよ。素直に進むんだ。真っすぐに。

そして窓の前で立ち止まり、そこから飛び降りようとする。

でも、残念ながら窓が閉まっててね……僕、どうするのかな～って見てたんだ。

そしたらさ、窓に何度も顔面をぶつけるんだ……何度も何度も。

窓ガラスは女の血で真っ赤に染まり、次第にガラスにヒビが入り始め、パリッという音と共に綺麗に割れた。

一気に割れれば、あの女はあそこまで酷い状態にはならなかっただろう。ところが運悪くさ、ちょうど顔が当たる場所だけが割れ、ギザギザに尖ったガラスが剥き出しになったんだ。

それでも女はめげずにぶち当たる。

だんだんガラスに肉片が付くようになり、辺りは血の海になり始めた。
その時だ。
女性が一人エレベーターから降り、その光景を目の当たりにして、大きな声で叫んだ
「キャアアっ」
それが合図だった。
皆の見てる前で最後の力を振り絞り、思い切り突っ込んだよ……頭から。
あっという間に、窓から姿を消した女。
恐らく、地面に醜い姿で横たわっているのだろう。いい気味だ。
美那を泣かす奴は、どんな奴でも許さない。
この僕が、抹殺してやるんだ。
新たな力を身に付けた僕は、もう怖いものなどなかった。
少しの間優越感に浸った後、僕は彼女に目を移した。かなり悲惨な状態だったんだ……
気絶してもおかしくない。
ところが、彼女平然としているんだ。
いや……違う、彼女……笑っている。
笑っているんだ。

ニヤリと……その可愛い口角を上に上げて。
そして、僕の目を見てこう言った。
「あらら……死んじゃったね」
いつからだろう、本当の彼女を見ていなかったのは。
いや、もしかしたら……最初から僕は、本当の彼女を知らなかったのかもしれない。
僕を見て微笑んだ美那。
そう……彼女は、最初から僕が見えていたんだ。
そして今日、彼女は僕を利用した。
もしかしたら……あの男に女が居る事に気付いていたのかもしれない。
僕はこの日から彼女がわからなくなった。
その後の彼女は、まるで女優のようだった。
警察が来た途端表情を変え泣きじゃくり、警察官にすがりついた。
全てを聞いた若い警察官は同情し、彼女を優しく家まで送った。
そして、部屋に入り一人になると何も無かったかのように夕飯を作り食べ始めたんだ。
突然の彼女の変わりように、驚きを隠せず呆然と立ち尽くす僕。
そんな僕に、彼女は話しかけてきた。

「ねぇ……どうして、あの女だけだったの？　あの男も消してくれて良かったんだよ？」

サラダを口に運び、モグモグと噛みながら僕に……。

この僕に話しかけてきたんだ。

突然の事で慌てる僕。

そんな僕を見ようともせず、彼女は話し続けた。

「私ね、あなたが生きている時から私を好きだった事知ってたのよ。ほら……高校の時さ、私の下着盗んだでしょ。あれが問題にならなかったのは何故だと思う？　そう、私があなたが盗んだ事に気付いて、見逃してあげたからなんだよ」

クスッと笑う彼女。

その表情には、僕の知っている女神の面影は全く無かった。

彼女は続ける。

「でも高校の時の男を殺したのには、さすがの私もびっくりしたわ。まぁ……好きでも何でも無かったから別に良いんだけどねっ。そうそう！　君が死んだと聞いた時、凄く残念だったんだよ？　理想の人……いやペットかな」

ニヤリと僕を見て笑う彼女。

背中にゾッと寒気が走った。

「君みたいに何でもやってくれる人……他には居ないもん。だから、死んだと聞いた時、どうしてもこの目で確かめたくてさ……それで葬儀にも行ったの。でも、さすがに死んだはずの君が私の所にやってきた時は驚いたぁ。最初はね、気持ち悪くてさ、どうしてくれようって色々考えたけど、段々と君が見ている事に快感を覚えるようになって」

またしても、ニッコリと笑いながら言う。

「それからの君は、みるみる姿を変えていった。最初は普通の人間だったのにさ、今ではもう怪物よ。あ……君自分の姿見た事ある？　凄い姿だよ」

彼女は、そう言って何かを探し始めた。

持ち出してきたのは、紙とボールペン。その紙に何やら書き始めた。

しばらくすると、書き終えたのかボールペンを置き、僕の目の前にその紙を翳す。

「はいっ……これが君の姿」

そこには、顔が歪み背中の曲がった化け物が書いてあった。

『えっ……これが僕？』

ショックのあまり何も言えない。

そんな僕を見て彼女は言う。

目をキラキラ輝かせ、満面の笑みを浮かべて。

「これからも私を楽しませてね。その方が良いでしょ？　行くあても無く、その醜い姿で永久に彷徨い歩くよりっ」

僕が人生を掛けて愛し続けてきた女性は、女神では無かった。

人の人生を弄ぶ悪魔だったのだ。

そして彼女は言う。

「私……一生君から……離れないょ」

読むな

まあぷる

夏も終わりに近い八月のうだるように暑い日のことだ。仕事が休みだったので、私は朝から横になって、テレビを見ていた。やがて昼過ぎになり、起き上がるとキッチンに向かった。一人暮らしの気楽さで、腹が減ればコンビニ弁当ですませている。弁当を持って戻ると窓の外の景色が一変している。空は黒い雲に覆われ、網戸の向こうから冷たい風が吹いてくる。ゲリラ豪雨が来そうだ。後ろで何かが落ちる音がしたので振り向くと、本が床に落ちていた。いや、本ではない。手に取ってみるとそれは大学時代の卒業アルバムだった。

弁当を食いながら広げてみる。私は当時、ワンダーフォーゲル部に所属していた。山で撮った集合写真には懐かしい友人たちの顔。だが、何だろう。写真を見てるうちに妙な違和感を感じ始めたのだ。それが何なのか、その時には判らなかった。

窓の外が時折光り、雷鳴が轟き始めた頃、玄関のチャイムが鳴った。ドアを開けると無表情な配達員が立っていた。初めて見る顔だ。

「宅急便です。ハンコかサインを」

差し出されたダンボール箱。差出人の名前は大学時代の友人、斉藤だ。卒業してからは年賀状で連絡を取るくらいなのだが、いったい何を送ってきたのだろうか。

配達員が帰ると、箱をテーブルの上に置いた。軽かったし、まさか爆弾などではないだろう。斜めに乱暴に貼られたガムテープを剥がし、箱を開けると一瞬、古い藁束のような妙な匂いがした。中に詰められた丸めた新聞紙を取り除くと、出てきたのは厳重に紐を掛けられた本と、一冊の酷く汚れた大学ノート。

ノートを開くと一ページ目にはこう書かれていた。鉛筆で書きなぐられた字は酷く読みにくかった。

『河辺君、君がこのノートを読んでいるのなら、もう僕はこの世界にはいないでしょう。ここに書き残したことは全て、この本を手にすることになった出来事とその後の記録です。このノートを読んだら本のほうは絶対に読まず、何処か遠くへ捨てて来て下さい。焼いて埋めてしまったほうがいいかもしれません』

これは何だ。小説なのか？　それとも笑えない冗談か。私は斉藤とは同じ部だったけれど、それほど仲が良かったわけではないのに。

まあ、とにかく先を読んでみよう。考えるのはそれからだ。

河辺君。僕が君にこの本とノートを送ったことをきっと奇妙に思われていることでしょう。そのことについては後で説明します。

ことの起こりは一ヶ月前、僕が最後に山登りに行った日のことです。

僕は食品会社に勤めていましたが、休みはいつも少し遠出をして、いわゆる廃村や限界集落を探して写真を撮るのが趣味だったのです。河辺君は限界集落というものをご存知でしょうか。六十五歳以上の人口が五十％以上になってしまった集落。いずれは消滅集落、いわゆる廃村になってしまう場所に住む人々の話を聞くことはとても興味深いものがあります。

その日はネットで下調べをして、Y県の山鳴《やまなり》村を訪ねることにしました。村民二百人ほどですが、民宿もありますし、限界集落としては活気のあるところのようでした。電話で民宿に予約を入れ、出発したのが朝、五時頃。電車に乗り、降りた駅からバスに乗って終点まで。そこから先は歩きです。携帯のナビは道の途中までしか表示しないので使い物にならず、後は宿からファックスされた地図を頼りに進みました。鬱蒼とした山の細い道を登り続けていくと、途中で道が分かれていました。慌てて地図を見直しましたが、そんな分かれ道は描かれていません。電話で確認しようとしましたが圏外。既に日も傾きつつあったので、右の道を選びました。ところが先に行くにつれ道が細くなり、不自然なほど暗く、生暖かくなって行くのに気が付きました。得体の知れないものの体内に入っていくような嫌な気分。何だか怖くなって引き返しました。左の道を進んでいくと、こちらは普通の山道でやがて、遠くから祭囃子が聞こえてきました。ほっとしました。あのまま間違った道を進まなくてよかったと。

その時、道の先に白っぽい浴衣を着た男の子が立っているのが見えました。暗いせいなのか顔ははっきりとは判りませんでした。もう村も近いんでしょう。僕はその子の横を通り過ぎる時、「こんにちは」と声をかけました。

——読むな——

子供らしからぬ皺枯れた声にぞっとしました。思わず振り返ると誰もいませんでした。

いや、きっとただの悪戯だ。森の中に隠れたんだろう。そう無理やり納得して早足で先を急ぎました。

ぽつぽつと人家が見え始めた時には胸を撫で下ろしました。ただ、不思議だったのはあれほど明瞭に聞こえていた祭囃子がぱたりと止んでしまったことです。

暖かい明かりの灯る人家を眺めながらやがて目的の民宿に辿り着きました。「山鳴荘」と墨字で書かれた看板が掲げられているだけの、簡素な民家でした。

〈ここで私は自分のパソコンを開き、山鳴村を検索してみた。確かにその村のサイトはあった。のどかな山村の風景や農作物の紹介、山鳴荘の案内もあった。だが、奇妙なのは検索でヒットしたのがその一件だけだったことだ〉

チャイムを鳴らしましたが、誰も出てこないので自分で引き戸を開けました。

「いらっしゃいませ。お待ちしておりました」

宿の奥から、愛想のいい中年の女性が出てきました。ごく普通のシャツとスカートにエプロン姿です。

案内された部屋に荷物を置いて、窓を開けました。既に日は暮れ、山々のシルエットに星が輝いていました。

先ほどの女性、この民宿の女将がお茶とお菓子を持ってくると、僕は何気なく尋ねました。

「さっき祭囃子が聞こえたんですが、今日は何処かでお祭りがあるんですか？」

その瞬間、女将がお茶の乗ったお盆を畳の上に落としてしまいました。

彼女はそれを拾いもせず、呆然としたように僕を見つめています。

「お聞きになったんですか？」

「え……ええ、浴衣を着た男の子にも会いましたよ。ああ、それから地図にない分かれ道があって迷いそうになっちゃいましたよ」

「ああ、申し訳ございません。うっかり描き忘れちゃって」

女将は慌ててお茶やお菓子を拾い上げると、畳を布巾で拭いて部屋を出て行ってしまいました。

三十分後、女将はまたやってきました。今度は夕食を運んできて、失礼を詫びました。

夕食は、何かの肉料理でしたが、なかなかいい味がしました。でもさっきの女将の態度が気になってその美味しさもあまり堪能できないまま、酒で流し込み、テレビをつけてみました。なんの変わりもないいつもの番組を見ていたら少し心が落ち着いてきました。

そういえば、この宿に他に人はいるんだろうか。廊下に出てみると、中年の夫婦が別の部屋から出てくるのが見えました。

僕はすれ違う際に声をかけました。

「こんばんは」

「こんばんは。どちらからいらっしゃったんですか？」

奥さんはとても人の良さそうな方でした。当たり障りのない話をした後、さりげなく聞いてみました。

「途中で分かれ道があったでしょう？　迷われませんでしたか？」

「え？　そんなのありませんでしたよ」

奥さんはとても不思議そうな顔をします。

「ああ、じゃあ、僕が道を間違えただけですね。あ、それから祭囃子はお聞きになりましたか？」

「いいえ、聞いてませんが」

「そうですか」

いよいよ不審そうな顔をする二人の顔に追い立てられるように、そそくさと廊下を先に進みました。ついでだから風呂でも覗いてこようかと思ったのです。途中で台所の入り口が見えました。お茶のおかわりでももらおうかな、と台所に入ると誰もいません。何故か異様に大きい冷蔵庫が気になってしまい、開けてみようと手を伸ばしました。

「何をなさってるんですか？」

後ろから突然の声に慌ててドアを閉めましたが、一瞬、何かの塊がいくつも見えたのは確かでした。

「すみませんが、お部屋にお戻りいただけないでしょうか」

凍るような声に背中に冷水を掛けられた気がして、そのまま部屋に戻ると、既に夕食は片付けられていました。


風呂に入り、床についても、目が冴えてしまってなかなか眠れません。少しうとうとしかけた時、悲鳴が聞こえた気がしました。それから何かを叩くような大きな音。

何をしているんだろう。布団から起き上がって、そっと廊下を覗くと叩く音はまだ聞こえています。台所のほうからでした。

どすん、どすんという重い響き。

魚でも捌いているんだろう。そう思っても気になって仕方がなく、足音を忍ばせて廊下を進むと台所を覗き込みました。

今思い出しても身体が震えてきます。

民宿の女将ともう一人の男が先ほどの夫婦を捌いていたのです。男が血まみれになった鉈で手足や胴体をばらばらにし、女将が黙々とそれをビニール袋に入れています。

僕は悲鳴を上げることもできず、その場で気を失ってしまいました。


気が付くと部屋に寝かされていました。

部屋には女将と、その夫と思われる男が座っていました。

「気が付かれましたか？　斉藤さん」

僕は慌てて飛び起きました。

「明日の朝、お話をするつもりでしたが、ご覧になってしまったのなら仕方がありませんね。どうぞそこにお座りになってください」

威圧的な態度に押しつぶされるように、僕は二人の前に座るしかありませんでした。

「私達夫婦はここで何十年もあなたのような方をお待ちしておりました」

男のほうが口を開きました。

「すみません。何の話かさっぱり判らないし、あんた達、人殺しじゃないですか！」

「あなたには祭囃子が聞こえました。分かれ道もご覧になりました。つまり、あなたは私達の後釜として選ばれ、この民宿を継ぐことになるのです」

こいつら、人の話を聞く気はまったくないようだ。僕はその時、恐怖で麻痺してしまっていたのでしょう。思わず笑い出してしまいました。

「何の冗談か知りませんが、僕は単なる旅行者ですよ？　何故、そんなことをしなければならないんです。僕も人を殺さなきゃいけないんですか？」

「ええ、そうですよ」

平然と答える女将。

「あなたはこの宿の名前をご覧になりましたか？」

「もちろん。予約しましたしね。山鳴荘でしょう？」

「そのとおりです。この宿は人間の為のものではありません。ヤマナリサマの為のものなのです」

「ヤマナリサマって何ですか？」

この質問に答えは返ってきませんでした。

「だって、この宿は人を泊めるんでしょう？　生きて返してはくれないみたいだけど」

「そうですよ。ヤマナリサマのお食事の為に人を泊めるんです」

その言葉を理解するのには少し時間がかかりました。僕はいきなり立ち上がって廊下から台所に走りました。

先ほどの冷蔵庫を乱暴に開けると、そこに入っていたのはビニールに包まれた無数の人間の手足や内臓でした。

途端に先ほどの光景を思い出し、吐き気がして、勝手口のドアを開け、外に出ると何度も吐きました。そして顔を上げると目の前の外灯に照らされていたのはおびただしい数の衣服とリュックと靴。

「お判りになりましたか？」

男に腕をぐいと掴まれ、そのまま部屋まで連れ戻されました。

「あなたはもう帰れません。ここはもう現世ではないのです」

そう言いながら、男は紐で頑丈に縛られた本を取り出し、僕の前に置きました。

「これを自分で解いて読んでください。それで私達は解放され、あなたは殺されることなくここの主人になれるのです。読まなければいずれ、あなたはヤマナリサマの餌になります」

もう、僕の思考は停止していました。無意識に紐を解こうとすると、あの浴衣の少年の言葉が頭に蘇ったのです。きっと、あれは警告だ。本当は読まなければ助かるのだ。

僕は本を男に投げつけ、リュックを引っつかむと部屋を出て駆け出しました。どうやって靴を履いたかさえ覚えていません。民宿を出て真っ暗な夜の道を森に向かって走りました。するとあれほど明るかった家屋は真っ暗な廃屋に成り果てていました。しばらくの間は夫婦が何か叫びながら追ってきましたが、やがてその声も聞こえなくなりました。走っている間、草が行く手を遮るように足に絡みついてきたり、道が異様にぐにゃぐにゃと曲がったりしましたが、とにかく先へ先へと無我夢中で逃げました。あの分かれ道まで辿り着くと、もう一本の道のほうから、グルグルゴボゴボという奇妙な音が聞こえてきます。そして何かを噛んでいるようなくちゃくちゃという音。そして明らかに人のものと思われる無数の呻き声。振り向いたら終わりだ。もう生きた心地もしませんでした。

気がつくと朝になっていて、バス停の前で座り込んでいました。そのままやってきたバスに乗り込み、電車に乗って家に帰った頃にはどうにか落ち着きを取り戻していました。パソコンを開き、検索すると予約したはずの「山鳴荘」のサイトは消えていました。それどころか、山鳴村の存在を示すような記述も何もありませんでした。僕はきっと足を踏み入れてはならないところに誘い込まれてしまったのだ、と思いました。もし、あの時、祭囃子を聞いていなければ、僕もあの肉塊の一つと成り果てていたのだろうと。でも、それはまだ終わってはいませんでした。

家でリュックを開けた僕は、そこにあの本が入っているのに気付き、悲鳴を上げました。確かに置いてきた筈なのに、禍々しいそれは僕を取り逃してはくれなかったのです。

やがて、少しずつ、異変が起き始めました。会社の行き帰りに人々の間をうろつく黒い影のようなものを見るようになり、その数は日に日に増していきました。家に帰り、横になると耳元で祭囃子が聞こえるようになりました。冷蔵庫に見覚えのない肉の塊が入っていたり、ずるずると引き摺るような音に目を覚ましてみれば得体の知れない血の塊のようなものが部屋を這い回っていました。

もう耐え切れませんでした。この本を読めないように遠くに捨ててこよう。そう思って休みの日に駅に行くと、駅は消え失せていました。そこには見覚えのある暗い森の道がぽっかりと口を開けて、僕を飲み込もうと待ち構えていました。

もう逃げ場はありませんでした。

家に帰り、とうとう本の紐を解きました。それは日記帳で、あの夫婦の記録でした。彼らも僕と同じようにあの村に誘い込まれ、旅人が泊まりに来るたびにどうやって殺したのかがこと細かく記されていました。

これが僕に起こったことの全てです。『読むな』と言われた本を読んでしまったからには、もう後戻りはできません。でも、もうこの連鎖は終わりにしたい。この本は村に持って帰らず、誰かに送って処分してもらうことにしました。送る人物は毎年、僕に唯一年賀状をくれる河辺君にしました。本当に申し訳ないとは思いますが、君は部外者ですし、この本を読まずに処分してしまえば何も起こらないはずです。これから、この本とノートをダンボールに詰めて近くのコンビニに出しにいきます。もうそのコンビニから森の入り口が見えるようになってきています。僕はあの村に戻ります。ご迷惑をおかけしますが、どうかよろしくお願い致します。

以上が、ノートに書かれていた内容だった。最後のページには八年前の日付。今頃届いたのは何故なのか、もう考える気力もなかったが、唯一、思い出したことはその頃に年賀状も来なくなっていたことだ。そしてあの卒業アルバム。改めて見てみると、そこには写っていたはずの彼の姿がなかった。これが違和感の原因だったのだ。だが、こんなことが本当にあるはずはない。アルバムだってたまたま写っていない写真が載ったのかもしれないし、第一、普通にサイトがある村なのに……。

私は自分の目を疑った。サイトの画面が消えている。しかも、改めて検索しても二度と見つけることはできなかった。

頭が混乱してきた。心を落ち着けるためにコーヒーを淹れに行き、戻ってみるとテーブルの上に置いたノートが消え失せていた。

まあ、いい。とにかくこの『読むな』と言われた紐を掛けられた本を何処かに捨ててこよう。

しかし本を手に取った時、妙なことに気付いた。

これは違う。斉藤が読んだという日記帳じゃない。

これは……この、紐で頑丈に括られているのは、さっきまで私が読んでいた斉藤の書いたノートだ。
いや、まさか。そんな馬鹿な。慌てて辺りを探したが日記帳は見つからない。
と、いうことは……。

叫びだしそうになる自分を押さえ込み、急いでノートを鞄に詰め込んで雨の降りしきる部屋の外へ。これを捨てればまだ望みはあるかもしれない。

道を行く人々の間を得体の知れない黒い影が横切っていく。
どこからか祭囃子が聞こえてくる。生暖かい風が運んでくるのは森の匂いだ。
きっともうこの道の先に駅はないのだろう。

身削《みそぎ》

湧田束

一・取材

「申し訳ありません。わざわざ遠くからお見えになったのに……」

「あ、いえ。こちらこそ。押しかけてきたようなものですから」

人差し指で頬を掻きながら、湯のみに口をつける。

私を客間に案内したのは、意外にも一人の女だった。清楚な白のワンピースに身を包んだ女は、美濃部灯子と名乗った。

「お昼に薬を飲んだので、祖父もじき起きられると思うのですが……」

「ご無理なさらずに」

恐縮する私に、女は静かに微笑みかけてくる。私が取材を申し込んだ美濃部滋吉は、今は体調を崩して奥の離れで寝ているという。

神指村《かみざし》は山間の寂れた農村だった。過疎化が進んでいるらしく、車でこの家に来るまでにも数件の古民家しか見当たらなかった。

私は雪見障子で仕切られた縁側の外に目を移す。茶色に色づき始めた山の端には、うっすらと灰色の靄が掛かり始めていた。

「この家で、御爺さんと二人で？」

「ええ。私の両親は鳴宮市に住んでいます。祖父は昔気質な人ですから、土地からは離れられないようで……」

美濃部灯子は囁くように語る。透き通るように白い肌で端整な顔立ちをしているが、その横顔はどこか無機質な人形のように見えた。

私の視線に気付いた彼女が、急須で湯のみにお茶を注ぐ。

「民俗資料館の汐原さんも褒められていましたよ。熱心な作家さんだって」

「あ、いえ。下手の横好きってやつです」

苦笑いしながら頭を掻く。


素人作家が取材旅行というのも随分とおこがましい話だが、私はしばしば仕事の休暇を取っては小説の題材となる地方に取材に出かけていた。

「フィールドワークって訳でも、ないんですけどね。その地域独特の空気感というか……匂いというか。やはり小説には臨場感とかリアリティが大切かなって」

たどたどしく説明する私に、彼女は微かに瞳を細める。

「ここに来たのは、神指の伝承や民話の取材に？」

「え、ええ。今回はこの地方の怪異譚を題材にした小説を書こうと思ってまして。滋吉さんが村の顔役で、その手の話に詳しいと汐原さんに伺ったもので」

「怪異譚、ですか……」湯飲みの縁を静かに指で拭い、彼女はぽつりと呟く。「祖父もお話できるのを愉しみにしていたので、残念だと思います」

柔らかい物腰ではあったが、それはどこか違和感のある物言いだった。床に臥せっている美濃部滋吉の話を聞くには、日を改める必要があるのかもしれない。

もちろん私は民俗学者でも国文学研究者でもない。肩書きといえば、「凝り性の素人物書き」くらいだろうか。実際に今回も神指の民俗資料館に足しげく通い、ようやく館員である汐原さんに取材を取り次いでもらったのだ。

途切れた話の合間に少し冷めたお茶を飲もうとした時、美濃部灯子が唐突に口を開く。

「神指の伝承でしたら、人柱になった『浅葱《あさぎ》』の話なのでしょう？」

思わぬところで浅葱の名前が出て、私は湯のみの茶托をカランと鳴らしてしまう。

「え、ええ。その話も含めて……ですね」

思わず上ずった声で答える。まさに私が美濃部滋吉に聞こうとしていたのは、『浅葱』という一人の少女の話だった。美濃部灯子は長い黒髪をゆっくりと留め具で束ね直しながら、静かに口を開く。

「どの地方にも似た話はありますから。あまり後味の良い話ではありませんが」

私がもう少し話を伺いたいと申し出ると、彼女はやや困ったように考える素振りをした後、ゆっくりと足を崩す。それはまるで私の心境を見透かしていて、あえて焦らしているようにも見えた。


古めかしい柱時計の振り子の音だけが響く中、彼女は一度湯気の立ち上る湯呑みに視線を移した後、静かに話し始める。

「ずっと昔……江戸時代のことです。とある夏、数ヶ月にも渡って日照りが続き、この神指村も飢饉に見舞われました。作物も採れず井戸や村の水源である神指池の水も干上がり、村人の半分近くが餓死したと言われています」

「半分も……」

「ええ。そのため村の行く末を危惧した村の長たちは、一人の村娘に雨乞いの人柱として白羽の矢を立てた」

「人身御供《ひとみごくう》ということですか」

「そうですね。その人柱にされたのが、『浅葱』という十八歳の少女だったと言われています」

彼女は髪を耳に掛け直し、抑揚のない声で話し続ける。

「人が中に入れるくらいの木の桶に入れられた浅葱は、この近くにある干上がった神指池の底に生きたまま埋められました。言い伝えでは白装束に身を包んだ浅葱は、桶の中で念仏を唱えながら十日ほど後にひっそりと息を引き取ったそうです」

「……」

「それから数日後、この地方には雨がもたらされて神指村は救われた。村人たちはこの雨を、神仏の贄《にえ》となった浅葱のご加護だと言って供養塔を建てたんです」

「そう……ですか」

俯き加減に言う私を見て、彼女は微かに笑みを漏らす。

「何がおかしいんですか？」

怪訝な表情で訊ねる私に、彼女はどこか冷たい眼差しを浮かべる。

「言い伝えというのは都合の良いもので、表向きはさも口当たりの良い美談に創り換えら

「ええ。実際には、浅葱は村人たちの手によって無理やり桶の中に押し込まれ、桶の蓋に釘を打ち付けられたそうです。そして浅葱が死ぬまでの数日間、ずっと彼女の悲鳴と呪いの声が村には響き渡っていたと言われています」

小さく頷いた後、彼女は元のように無表情に戻って告げる。

「表向き……？」

れてしまうものですから」

「呪いの……声」

息を飲む私を余所に、美濃部灯子はゆっくりとワンピースの裾を直して立ち上がると、窓の外に見える白い漆喰の塗られた蔵を目で促す。

「ご覧になりますか？」

「何……を？」

「浅葱が押し込まれたその桶、あの蔵に置いてあるんですよ」

振り返ったその黒い瞳の奥が、どこか鈍く輝いているような気がした。

二・座棺

屋敷の一番奥にある離れに、その蔵はあった。

夕闇の迫る屋外に一度出てから、私と美濃部灯子は蔵へと向かった。玉砂利の敷き詰められた中庭を歩きながら、私は前を歩く彼女に話し掛ける。

「どうして……浅葱の桶がここに？」

「元々は神指神社の祭具殿に収められていたものです。でも数年前に宮司が亡くなって以来、神社自体も廃れてしまいました。だから今は、うちの蔵で預かっているんです」

「祭具殿というと、今でもこの地域では祭祀が？」

「ええ。祭りの時にはこの桶を使うんです。中に生贄に見立てた巫女《みこ》を入れて」

「まさか……本当に土の中に埋めるって訳じゃないでしょう？」

驚いて訊ねる私に、彼女は淡々と答える。

「昭和の初めまでは、人柱の入った桶に蓋をして、実際に地面の中に埋めていたようです。もちろん、すぐに掘り起こしたみたいですが」

「危険じゃないですか？　窒息とか生き埋めとか」

「ええ。だからさすがに行政指導が入ったらしいですね。なので今は、巫女が中に入る演舞だけで済ませています」

「そう……ですか」

この灯子という女の話は、どこか他人事のようだ。達観しているというべきだろうか、まるで感情が見えてこない。

蔵の前まで来ると、灯子は赤茶色に錆びた南京錠の鍵を取り出す。ガチャリという鈍い音とともに、錠前が開く。

湿気てカビ臭い空気が、蔵の中には立ち込めていた。入口の電気を点けても、薄暗い室内には頼りなさそうな裸電球が天井からぶら下がっているだけだった。

漆喰の壁に覆われた室内は思ったより広く、一番奥に間仕切りされた木製の扉が見えた。琥珀色の電球が仄かに照らす中、灯子は棚に並べられた高価そうな壺や調度品には目もくれず、通路の一番奥にあるその扉へと向かっていく。

「ここです」

引き戸に手を掛けて、彼女は言う。

「私も……入って良いのですか？」

「構いませんよ」

彼女は僅かに口の端を上げる。初めて見せた表情の変化だった。

木の軋む音とともに片開きの引き戸が開かれると、室内にはヒンヤリとした空気が漂っていた。薄暗くて隅々まではよく見えなかったが、がらんとした部屋の一番奥に、一メートルほどの木製の桶が置かれていた。

「あれが？」

「ええ。浅葱を押し込んで、地中に埋められていたものです」

桶は表面こそ茶褐色に変色していたものの、竹で編まれた箍《たが》もしっかりと結わえられ、傷んでいる様子はなかった。だがやはり座棺と言うべきだろうか。桶には通常あるはずのない木の蓋が乗せられていた。

「……」

戸惑う私を余所に、灯子は躊躇なく桶へと近付いていく。

「どうかしましたか？」

「え、いや……」

辺りの空気は冷たいのに、何故か私の背中にはじっとりとした汗が滲み始めていた。そんな私の心境を察したのか、彼女は冷ややかな口調で言う。

「大丈夫ですよ、中には何も入っていませんから」

「あまり気味の良いものじゃありませんね。特に浅葱がこの中で息絶えたかと思うと……」

頬を強張らせる私を尻目に、灯子は無造作に蓋に手を掛ける。

「開けてみますか？　中には浅葱が爪で内側を引っ掻いた痕が、今も残っていますよ」

「あ、いえ……結構です」

私は慌てて断る。数百年経っているとはいえ、やはり棺桶の中を覗き込むというのは気分が良いものではない。

その時、突然チカチカと裸電球が点滅する。驚いて天井を見上げる私に、灯子は平然と言う。

「久しぶりに点けたものですから、電球が切れ掛かっているのかもしれませんね。入口の電気を点け直してみます」

「あ、いえ。もう出ますから」

だが断りを入れる私を無視するように、彼女は足早に傍らを通り過ぎて蔵の入口へと向かう。

「あ、あの……お気になさらずに」

部屋の中に一人残された私は、点滅する電球を見つめたまま居心地悪く立ち竦むしかなかった。

入口のスイッチを何度か切り替える彼女の後ろ姿を心細く見つめていた時、突然辺りが闇に包まれる。光を失った部屋の中は、すぐ目の前にある自分の手の輪郭すらも分からないほどの漆黒だった。

全く何も見えなくなった空間で、私は慌てて声を上げる。

「灯子さん！」

だが辺りは静まり返っていた。まるで闇が光だけでなく音すら飲み込んでしまったかのように、何の物音も聞こえなかった。

壁に沿って手探りしてみるが、何故かどこまで行っても蔵の入口へと通じる扉が見当たらない。

「ちょ、ちょっと……」

扉のあった辺りを探ると、ザラザラとした壁の漆喰とは違う感触に気付く。間違いなく木製の扉の手触りだった。だがさっきまで開け放たれていたはずの扉は、まるで閂でも掛けられたかのようにびくともしなかった。

「な、何だこれ……。と、扉が閉まってる！」

声が震えるのも構わず、私は叫び声を上げる。真っ暗な部屋の中に一人取り残された恐怖で、私は半ばパニックになっていた。

「灯子さんっ！　開けて下さいっ！」

力任せに扉を叩くが、頑丈な扉が開かれる様子は全くなかった。それどころか、電球のフィラメントが灯る気配も、どこかに人が居る空気すら感じられなかった。

視界を失ったまま、私は扉を何度も殴りつける。

「く、くそっ！　あ、開けろっ！」

闇雲に腕を振り回したため、引き手の出っ張りに引っ掛かったのかもしれない。指先に鋭い痛みが走る。

「ぐっ……」

慌てて手を押さえる。暗闇の中でも、ヌメッとした感触とともに人差し指と中指の爪がぐらついているのが分かった。

「くそ……爪が割れた」

膝をついて痛みに呻いていると、何か嫌な臭いが鼻をつく。それは蔵に染み付いた空気や湿気とは明らかに違う、生き物が腐ったような臭いだった。

「何……だ？」

扉を背にして振り返った私は、思わず息を飲む。

私の目に映ったのは……、
部屋の奥に置かれた、人柱の浅葱が命を落とした桶の周囲が――、
仄かに、青白く光り始める光景だった。

三・屍蝋

「な……」

閉じられた扉に体を押し付けたまま、私は言葉を失う。

桶の周りから、青白い光が煙のように立ち上っていた。その煙はまるで蛇のごとくゆっくりと座棺に纏わりつくと、閉じられている桶の蓋をカタカタと揺すり始める。

そして少しづつ……、
青白い光に誘われるかのように、木製の蓋が桶から徐々にずれていく。

ざりっ、ざりっ……。

蓋の開く音だけが、薄暗い部屋の中に重苦しく響き渡る。

「う……あ」

声が出なかった。乾いた呼吸だけが、呻き声となって喉の奥に絡みつく。

頬を伝うじっとりと冷たい汗を拭うことも忘れ、私は目の前の異様な光景をただ見つめていることしかできなかった。

土埃がぱらぱらと桶の縁から落ちる度に、腐臭がますます部屋の中に拡がっていく。

「お、桶の……中に」

さっき灯子は何も無いと言った。だがその蓋は、間違いなく内側から押し開けられている。だとすれば、座棺の中に居る者は……。

「あ……浅葱……なのか？」

その時、蓋のずれた桶の縁を、真っ白い指が掴む。爪の剥げた指から真っ赤な血が滴り、桶の縁を伝って流れ落ちていく。

「そ、んな……」

桶に掛けた手の皮膚がずるりと剥げ落ち、真っ白い骨が剥き出しになる。屍蝋化した腕が、腐った肉と皮をかろうじて骨に繋ぎ留めたまま、だらりと桶の外に出される。


ガリッ……ガリッ……。

骨と化した指が、桶の縁を掻き毟る。その度に肉片混じりの血飛沫が飛び散り、床を鮮血で赤く染めていく。


「ひ、ひいっ！」

私は再び背後の扉にすがりつくが、青白い光に照らされた扉が開く気配は全くなかった。

行き場を失った子供のように、私は頭を抱えたまま身を縮める。

信じられなかった。何故……私が？　私はただ、話を聞きたかっただけなのに……。

その間も、桶の縁を掻き毟る音は次第に激しくなっていく。


ガリッ……ガリッ……ガリッ……。


あまりの恐怖に意識が朦朧としてくる。

「ひ……い」

うずくまった私が悲痛な呻きを上げた時――。

突然、扉の向こう側から声が聞こえてくる。

「浅葱を人柱にすることで、村は飢餓から救われた。けれどそれは同時に、浅葱の祟りをこの村にもたらした」

声の主は、間違いなく灯子だった。彼女は扉を隔てたすぐ向こう側で、私の……いや、桶の中の浅葱の様子を窺っている。

私は慌てて扉を叩く。

「と、灯子さん……開けて下さい！　桶の……桶の中から……」

だが彼女は私の言葉に耳を貸そうとはせず、抑揚のない声で話し続ける。

「浅葱は呪った。この村を。自分の命を生贄にした、村の人々を。彼女はその桶の中で息絶える寸前、最後に呪いの言葉を残した。『この村を永劫に呪い続けてやる』、と……」

「わ、私は神指村とは関係ない！　なのにどうして……」

その間にも、むせ返るような腐臭とともに浅葱の腕は桶を掻き続ける。振り返ると、腕の覗く桶の縁からは、肉片まじりの血潮が溢れ出していた。

「う……」

吐き気がするような臭いに口を押さえていると、灯子の声が扉越しのすぐ耳元から聞こえてくる。

「浅葱の祟りを怖れた村人たちは、その怨霊を鎮めるために、ある儀式をした」

「ぎ、儀式？」

「自らの罪と穢れを払うための……禊《みそぎ》。この地方では『身削』と言うわ」

「み……そぎ」

「そう、実際に自らの身を削ぎ落とす、という儀式。だから村人たちは少しづつ自らの体を小刀で切り裂き、その肉を掘り起こした浅葱の桶に入れた。ある者は指を、ある者は足の肉を、またある者は耳を、舌を、目を」

「う、嘘だ……」

「いつしかその桶の中は村人の血肉で満たされた。神指村に居る者は全て、何世代にも渡って『身削』を行う。それがこの村の風習なの」

「そんな……」

その瞬間、桶の蓋が外れ、ガタンと床に落ちる。桶から溢れ出した鮮血が、私のすぐ足元まで床を満たしていた。

「ひ……い」

そして血に満たされた桶の中から、屍蝋化した浅葱の頭部がゆっくりと姿を現す。頭蓋に垂れ下がった白い皮膚の間から、血に染まった浅葱の眼球だけが獲物を狙うかのように動き始める。

「グ……グ……グ」

この世のものとは思えないような唸り声とともに、その眼球が私の姿を捉える。

「う……あああああっ！」

私はその場に座り込んだまま、目を閉じて叫んだ。

桶から溢れ続ける村人たちの血が、体を真っ赤に濡らしていく。

息もできないほどの腐臭と血の匂いにまみれたまま、視界が真っ暗な闇に飲み込まれていく。

私は、ただ叫び続けるしかなかった。

この音を失った世界で、絶叫など何の役に立たないことが分かっていても。

すぐそこに、おぞましい姿の浅葱が手を伸ばしているのが分かっていても。

息が続く限り、私はただ、叫び続けた。

ぷつんと糸が切れるように、意識が途切れるまで。

四・神刺

朦朧とした意識の中、視界に入ってきたのは真っ白な蛍光灯の光だった。あまりの眩さに手で灯りを遮ると、その右腕には細いチューブの針が刺されていた。

「あまり動かさない方が良いですよ。点滴が抜けちゃいますから」

声のする方に首を向けると、傍らの椅子にどこかで見た人懐っこそうな顔つきの男が座っていた。

「……」

点滴の針の刺さった腕を見て、ようやく自分がベッドの上に寝かされているのだと気付く。

「目が覚めたみたいですね。大丈夫ですか？」

中年男は眼鏡のフレームを指で押し上げ、私の顔を覗き込んでくる。それが民俗資料館の汐原だと気付くのに、しばらく時間がかかった。

「汐原……さん？」

「ええ。覚えておいて貰えましたか」

汐原はパイプ椅子に座り直すと、眼鏡越しに目を細める。

「私……は」

「なあに、気を失っていただけですよ。特に怪我もありませんし」

「ここは……病院ですか？」

ゆっくりと辺りを見渡す。独特の消毒液の匂いの中、私の寝ている傍らには幾つかの白いベッドが無機質に並べられていた。ブラインドの隙間から見える外の景色は真っ暗で、私と汐原の他に人は居なかった。

頭を掻きながら、汐原は口の端を上げる。

「ええ。といっても村の診療所ですけどね。夜中に無理やり叩き起こしたんで、医者は向こうの仮眠室で不貞寝してますよ。まあ、もう爺さんなんで」

「私は……いったい？」

訊ねると、汐原はさも怪訝そうな顔つきで首を捻る。

「覚えてないんですか？　あなた、運び込まれたんですよ。美濃部の蔵の中で倒れていた所を見つかって」

「美濃部の……蔵」

私はようやくさっきまでの出来事を思い出し、慌てて体を起こす。青褪めた私の顔を見て、汐原は驚いたように椅子から腰を浮かせる。

「どう……したんですか？」

「……」

私は口を噤んだまま、自分の体を見渡す。シャツが多少埃で汚れてはいるものの、ズボンや手に血が付いている様子はなかった。

ではあの蔵の中で見た光景は、いったい何だったというのだろうか？

血にまみれた部屋。肉の腐った臭い。桶から覗く白骨化した腕。屍蝋となって私を凝視した、浅葱の目……。

あれは全て……私の見た幻だったのか？

「そんなこと……が」

項垂れたまま、私は頭を抱える。暗い部屋の中で動揺していたとしても、あれほどはっきりと幻覚が見えるはずがない。そもそも私をあの中に閉じ込めた美濃部灯子の声を、私は扉越しにはっきりと聞いているのだ。

黙り込む私に、汐原はグラスに注いだ水を差し出す。

「もう大丈夫ですよ。きっと真っ暗な蔵の中に入って、一時的にパニックになっただけですよ」

「そう……でしょうか」

にわかには信じられなかったが、確かな根拠が無い以上、私がいくら話をしても信憑性が無いと思われても仕方がなかった。

グラスに入った水に口を付けた後、私は汐原に訊ねる。

「でも……どうしてあなたが？」

「いやあ、ずっと気になってたんですよ。あなた、神指に来て美濃部の家を訪れるって言ってたでしょ？　その日付が確か今日だったたって、思い出したんですよ」

「でも、だからといって何故、美濃部の家にまで？」

私の言葉を聞くと、汐原は「ああ……」、と苦々しく眉をひそめて言う。

「やっぱり、知らなかったんですね」

「知らなかったって……。何をですか？」

真剣な表情で訊ねる私に、汐原は溜息混じりに人差し指で頬を掻く。それは分からないというより、答えを教えていいのか迷っているような仕草だった。

しばらく考え込んだ後、汐原は渋々口を開く。

「あの事件、あんまりニュースや新聞では大きくは取り上げられなかったから、もしかしたらと思ったんですがね」

「事件って……何のことです？」

訊ねる私を見て、汐原は話し難そうに続ける。

「ひと月ほど前、美濃部の娘……灯子が祖父の滋吉を刺し殺したんですよ」

「え……？」

それ以上、声が出なかった。汐原が何を言っているのか、分からなかった。

「ニュースでは単に肉親間の殺人事件って扱いだったんですけど、実際の現場は相当酷いもんだったらしいですよ。何でも刃物で滋吉の体を五体バラバラにして、蔵に置いてある祭祀で使う桶の中に放り込んだって話です」

「どうして……そんな」

「さあ。理由は分かりませんけど」

汐原は素っ気なく言うと、外した眼鏡の汚れをハンカチで丁寧に拭う。

徐々に頭から血の気が引いていくのが、はっきりと分かった。さっき私が見たあの桶の中に……滋吉の死体が入れられていた。人柱となった浅葱が押し込められた、あの座棺の中に。

「そんな……こと、が」

口を開こうとするが、喉の奥に何かが貼り付いたようにうまく言葉が出てこない。グラスに残っていた水を一息に飲み干す。喉がカラカラに乾いていた。

「そ、それで……灯、灯子はどうなったんですか？」

ベッドから身を乗り出す私に、汐原は首を横に振る。

「灯子は……滋吉を殺した後、すぐに神指池に飛び込んで自殺しました」

「……え？」

「死体も見つかってますから、間違いありません。容疑者死亡で事件は解決しました」

「そ、そんな……」

膝に掛けていた毛布が力なく床に落ち、室内に再び静寂が立ち込めていく。

では私があの家で会ったのは……一体誰だったというのか？　病気で臥しているという滋吉の姿を見ることはなかったが、私は確かに美濃部灯子と出会ったのだ。

長い黒髪、端整な顔立ち。透き通るような肌。どこか冷ややかな口調で『身削』のことを告げた、あの声が今でも耳の奥に残っているのに。

じっとりと冷たい汗が、再び背中を伝っていく。

「じゃあ……私は……」

言葉を詰まらせる私の動揺など知る由もなく、汐原はおもむろに眼鏡を掛け直す。

「だからあの家は、今はもう空き家になってます。と言っても、凄惨な殺人事件のあった場所なんて、村の連中は誰も近付きたがりませんけどね」

「でも……私は、実際に会ったんです。灯子に」

「美濃部灯子に、ですか？　まさか。さっき言ったでしょ、もう彼女は死んでいるって」

飽きれたように言う汐原の腕を、私は咄嗟に掴む。

「間違いないんです！　信じて下さい。私は彼女から聞いたんです。村の人柱になった『浅葱』のことや、そして埋められたあの桶のことも。あと、『身削』って村の風習の話も……」

「みそぎ？　……ああ、『身削』ってやつですか」

汐原は少し表情を曇らせると、宥めるように私の手を静かに叩く。

「古臭い習わしですよ。今はそんな祟りなんて、誰も信じちゃいません」

「で、でも……私は確かに」

「まあ、もう少しベッドに横になって落ち着いた方が良い。どうせもう夜中ですから、今日はこのまま休んで、明日の朝になれば全ておしまいです」

汐原はベッドの下に落ちた毛布を拾い上げると、私の体に掛け直す。

「そんな話を聞いて、寝てる気分じゃ……」

「まあまあ。でも『身削』の話をあなたが知っているとは、意外でした。実はこの村の名前……神指村《かみざしむら》っていうのは明治時代になって改名されたものでしてね。元々は『神刺《かみざし》』って名前だったんですよ。神を刺す、なんて罰当たりだと思いませんか？　一説に拠ると、『神去りし』なんて由来もあるくらいで」

「神……刺」

「ええ。この場合の『神』とは、人柱になった浅葱のことを指すんでしょうね。何せ神仏への生贄となった者は、神が憑依した存在に昇華すると言われていますから」

「神の……使い」

茫然と言葉を失っていると、突然めまいに似た視界の揺れを感じる。ふらついたままベッドに手をつく私の肩に、汐原は手を掛ける。

「疲れてるんですよ、今日はゆっくりと休んで下さい」

「い、いや……何かおかしい。具合が……」

手に力が入らなかった。チカチカとした網膜の点滅とともに、急速に視野が狭くなっていく。朦朧とする意識の中、汐原の声がうっすらと聞こえてくる。

「大丈夫ですよ、睡眠導入剤みたいなものですから。少し眠ってもらうだけです」

「な……何か、入れたのか。さっきの水の……な、か……」

「心配することはありませんよ。すぐに終わりますから」

「や……めろ」

それ以上、汐原の言葉は聞こえなかった。真っ暗な闇の中へと落ちていく感覚とともに、私の体は糸の切られた人形のように再びベッドに倒れ込んでいった。

五・身削

再び目覚めた時、辺りは真っ暗で何も見えなかった。

私は項垂れた姿勢のまま、座り込んでいた。じっとりと湿った空気が息苦しい。

「ここは……」

朦朧とした意識のまま、闇の中に手を伸ばす。

ガツッ。

指先に何かがぶつかり、すぐに手を引っ込める。すぐ目の前に、何か遮蔽物があった。

「何、だ……？」

ゆっくりと手探りしてみると、流線型に内側に弧を描く壁が私の周囲をぐるりと覆っていた。壁をなぞる指先に板の継ぎ目らしき一定間隔の窪みを感じ、私は思わず息を飲む。

「ま……さか」

足を伸ばしてみるが、足先もまた狭い壁にぶつかる。座った姿勢の数十センチ頭上には、頑丈な天板らしき蓋が打ち付けられていた。立ち上がろうとしても、天井すら塞がれた空間では膝を立てることすらできない。

僅かな光もない閉塞された空間の中で、底知れぬ不安が襲ってくる。

「う……ああっ！」

全く身動きが取れずに、私はむやみに腕を振り回す。その度に、手や肘が外界と隔てられた壁面に打ち付けられる。

「誰か、開けろっ！　ここから出せっ！」

私はあらん限りの声で叫ぶ。だが何度こぶしを振り回しても、箱はびくともしなかった。

果てない苦痛と混乱の中で藻掻き続けていると、天井の辺りから、ザリッと土を踏む音とともに声が聞こえてくる。

「……まり……方が、良いですよ」

我に返った私は、慌てて動きを止める。それに気付いたのか、声の主は箱の中の私に再び呼び掛けてくる。

「あんまり暴れない方が良いですよ。空気が無くなっちゃいますから」

それは間違いなく、汐原の声だった。声の位置からも、汐原がこの箱の上に立って私を見下ろしているのは間違いなかった。

「し、汐原か？」

「ええ。ようやく目が覚めたみたいですね。ちょっと睡眠薬の量が多かったみたいで、心配しましたよ」

「早くここから出してくれ！」

硬く握り締めたこぶしで、天板を叩く。だが汐原はあからさまに大きな溜息をつくと、淡々とした口調で告げる。

「そりゃ無理でしょうに。あなたも自分がどこに居るのか、もう薄々察してるんじゃありませんか？」

「……」

さっきから鼻を突く、むせ返るような臭いを忘れることなどできなかった。ただ私は、その状況を信じたくなかっただけなのだ。

だがそんな私の一縷の希望を、汐原はあっさりと打ち砕く。

「そう、あなたは桶の中に居るんですよ。『身削の桶』の中にね」

視界と自由を失った私を嘲笑うかのように、汐原は桶の天井を靴の底でざりざりとならす。

「この桶はすでに神指池の近くに埋めてあります。今、地上に覗いているのは桶の蓋、あなたにとっては天井になりますかね。その部分だけです。もちろん蓋は釘で頑丈に打ち付けてありますから」

「もう……埋められて」

私は木製の蓋を見上げたまま、じっとりと湿った空気に身を縮める。どれだけ側面を叩いてもびくともしなかったのは、すでに桶が地中に埋められていたからだ。

「私を、どうするつもりだ?」

乾ききった喉から声を押し出すと、汐原はさも可笑しそうに笑う。

「もうお分かりでしょう? あなたにもこの村の風習に参加して頂こうと思いましてね」

「風……習?」

「ええ。あなたが取材したがってた『身削』ってやつですよ。いやね、さっき言った『身削』が廃れたってのは実は嘘なんですよ。この村には今でも『身削』がちゃんと残ってる」

「だから私に……人柱になれと言うのか？」

「いやあ、最近はこの村も過疎化が進んでましてね。足りないんですよ。いくら身を削って血肉を浅葱に捧げても、桶はちっとも満たされやしない」

「ふざけるな！」

渾身の力を込めて腕を振り上げるが、蓋は骨の軋む鈍い音を桶の中に響かせるだけだった。

じゃり、と桶の蓋を踏みつけた汐原が言う。

「ひとつ良いことを教えてあげますよ。あの美濃部の家は、人柱になった浅葱の末裔なんですよ。浅葱は人柱になる前、十七の時に子供を産んでるんです。で、美濃部はその直系の子孫ってやつです」

「美濃部……が？」

「ええ。桶を保管してたのも、それが理由です。でも実の直系である滋吉や灯子をも惨たらしく死に追いやったってことは、すでに浅葱の祟りはこの村全体に及んでいるのかもしれませんね」

淡々とした声に続いて、シャベルで掘った土を桶にかぶせる音が聞こえてくる。

「や、やめろっ！」

「いやね、私だって困ってるんです。神指池から引き上げられた灯子の死体を見ましたが、ありゃあとても人間なんて呼べる代物じゃなかった。皮膚は剥げ落ちて、腐乱した全身の赤黒い肉が骨から垂れ下がってた。なのに長い黒髪の間からは、ギョロリとした目玉だけがこちらを睨んでるんですよ。瞼は溶け落ちてるのに、目玉だけはしっかりと残ってる。さすがに身震いしましたよ」

ボソボソと呟きながらも、汐原は土をかぶせる手を止めようとはしなかった。その声が、いつしか狂気を帯びたものへと変わっていく。

「しかもですよ。滋吉を小間切れにした鉈だけは、しっかりと灯子の手に握られてたんですから。あれはきっと、この村の全員に対する見せしめでしょうね。その時、ようやくはっきりと分かったんです。浅葱は本当に生贄を求めてるんだって」

桶に土がかぶせられる度に汐原の声がくぐもっていき、私は慌てて蓋にすがりつく。

「やめろっ！　やめてくれっ！」

「なあに、心配することはありませんよ。私だって遅かれ早かれ『身削』しなくちゃならないんだから。もう、腕や足の一本くらいじゃ済まないでしょうがね」

「だ……出してくれ」

「しょせんここは神刺。神に捨てられた、忌まわしき土地なんですよ」

汐原の声が、次第に遠ざかっていく。それとともに、地下に閉ざされたこの空間の中で、私は光に続いて音を失う。

「う、うわあああっ!」

力任せに桶の蓋を押すが、感じられるのは伸し掛かる土砂の重圧だけだった。

「嘘だ……嘘だ。こんな、ことが……」

漆黒の闇の中、爪を突き立てて蓋を掻き毟る。割れた爪からほとばしる鮮血が、私の頬を涙のように伝う。肉の剥き出しになった指先でガリガリと蓋を掻く音だけが、座棺の中にただ虚しく響いていく。

汐原の声も、土をかぶせる音も、もう聞こえなかった。

浅葱が人身御供となった桶の中に、村人たちが身削を行った桶の中に、美濃部滋吉がバラバラにされた桶の中に……、私は閉じ込められている。

「……ひ」

成すべ無く、頭を抱えたまま桶の隅に身を寄せる。この密封された空間で、私はただ息を殺して震えていることしかできなかった。

それまで真っ暗だった視界の先に、仄かに青白い光が浮かび上がっていく。それは蔵の中で見た、桶に纏わりつくように光っていたものと同じ灯火だった。

「う……あ」

閉塞された桶の中で、私は身を強張らせる。

息苦しさとともに、むせ返るような血の臭いが立ち込めていく。見渡すと、いつの間にか腰のあたりまでが、どす黒い液体で満たされていた。手でその液体をすくうと、ぬるりとした感触が指を伝う。

「血……」

指の間には、長い髪の毛と溶け掛けた肉片がこびり付いていた。

「う、うわあああっ！」

桶の縁に貼り付くように体を押し付けるが、その間にも桶の中は次第に血肉で満たされていく。胸まで血の海に浸かった私は、全身を鮮血に染めたまま、唸りとも叫びともとれない声を上げる。

その時、青白い光に照らされた血の水面から、ただ静かに、音もなく――、
腐りかけた皮膚と赤黒い肉片を垂れ下げた一本の腕が、浮かび上がってくる。

「う……」

そして真っ赤な血を滴らせたその腕は、まるで獲物を探すかのように、息を飲む私の方へとゆっくりと伸びてくる。

「グ……グゲ……グゲ」

桶の中に響くのは、蔵の中で聞いたのと同じ呻き声だった。

それはきっと……死を間際にした浅葱が、最後に発した声。

誰も知れぬ池の底、一人で狭い桶の中に閉じ込められた彼女は、ひたすら村人たちへの呪いの言葉を唱え続け、その身を朽ち果てさせていった。限りなく続く漆黒の闇の中、次第に痩せ衰え溶け出していく自分の血肉を感じながら。

彼女は……今、私の目の前に居る。
「浅……葱」
息もできないほどの腐臭と血の匂いにまみれたまま――、
青白い灯火に照らされたその指が、
ただ静かに、私の首に触れた。

厭結び オチが最凶の怖い話

2017年12月28日　初版第1刷発行
2019年12月25日　初版第2刷発行

編者　エブリスタ

カバー　橋元浩明（sowhat.Inc）
発行人　後藤明信
発行所　株式会社　竹書房
〒102-0072　東京都千代田区飯田橋2-7-3
電話03-3264-1576（代表）
電話03-3234-6208（編集）
http://www.takeshobo.co.jp
印刷所　中央精版印刷株式会社

定価はカバーに表示しています。
落丁・乱丁本は当社までお問い合わせ下さい。

ISBN978-4-8019-1327-1 C0176